こんな部活
あります

そこに言葉も浮かんでいた

文芸部

おおぎやなぎちか●作
彩田花道●絵

新日本出版社

そこに言葉も浮《う》かんでいた

——文芸部／目次

0類

戸塚山《とつかやま》中学校、二階のどんづまり。そこにある「図書室」というプレートを、わたしは見上げた。

そーっと引き戸を開ける。

静かだ。

入って右のカウンターにいる司書の先生は、資料《しりょう》をチェックしていて、図書委員の女生徒がちらっとわたしを見る。

壁《かべ》にはぐるりと、そして中央にも数列、本棚《ほんだな》が並《なら》んでいる。本だらけだ。そりゃあ、図書室だから。

隅《すみ》のテーブルでは、髪を無造作《むぞうさ》に結《ゆ》わえている女子生徒が一人、静かに本を読んでいる。話し合いができるような大型楕円形《おおがただえんけい》テーブルもある。そこにいた男子生徒が顔を上げた。黒縁《くろぶち》メガネの奥《おく》の目までは見えない。でも「おっ」という表情《ひょうじょう》だ。

引き返すなら、今。

ところが、人なつっこい雰囲気《ふんいき》に引《ひ》き込《こ》まれたっていうかなんていうか、気づいたらわたしはその空間の中にいた。

そして、三十分近くが経《た》つ。

今は、楕円形《だえんけい》テーブルの一番距離《きょり》ができる位置に、その黒縁《くろぶち》メガネの三年生男子、文芸部部長と向き合う形で座《すわ》っている。

この人に、だまされた……。

テーブルの木目を見つめ、頭を抱《かか》えた。

きょう、四月二十日は、わたし達《たち》新一年生の仮入部《かりにゅうぶ》第一日目。一週間の仮入部期間を経《へ》て、正式入部するかどうかのお試《ため》し期間の始まりだ。

自分に合わないと思えば、他の部活に変えることもできる。その仮入部初日に先生もいなければ、上級生は一人、そして一年生はわたし一人なんて……。

帰ろうか。

さっきから思うのは、そのことばかり。あの時計の長針《ちょうしん》が真上を指したら帰ろう。そう思って、時計をにらんでいた。

きっかけは、きのうの放課後だった。

一　待ってる。

放課後、まっすぐ家には帰らず、ぐるぐる公園に寄《よ》った。中央にぐるりと一回りして滑《すべ》る滑り台がある公園だ。

みんな、塾《じゅく》や習い事で忙《いそが》しいのかな。誰《だれ》も遊んでいなかったので、わたしはベンチに座《すわ》って、ぼーっとしていた。

ただ、

――なんか、つまんない。あ～、どこかへ行きたいな。どこかへワープできないかな。

と思っていた。

でも、後ろの木の葉が風に吹《ふ》かれて、その影《かげ》が地面でゆれるだけ。わたしの足から伸《の》びる影はちらりとも動くことはない。

ワープなんてできるわけない。

小さい頃からピアノを習ってるあの子や、かっこよくサッカーボールを追いかけているあの子や、超がつく有名中学に合格《ごうかく》したあの子と違《ちが》って、へいへいぼんぼんなわたしは、この地面を地道に歩いていくしかない。

ってだけ。

人生どうなるかわからない？

まあ、そうだけど。

これをがんばりたい！　ってものがないんだよね。

そんなふうに思っていたところに、杖《つえ》をついたおばあさんが入ってきた。黒い影《かげ》を引きずるように、こっちへ向かってくる。

「すみませんが、わたしのバッグを見ませんでしたか」

すがるようにきいてきた。

「バッグですか」

「ええ、ベンチに忘《わす》れたんじゃないかと思うんですが」

「なかったですよ」

立ちあがり、ベンチの下や後ろを探《さが》した。

でもバッグは、ない。

「あれには大事な手紙が入っているのよ」

おばあさんが、がっくりとベンチに座《すわ》る。

「どんなバッグですか？」

「パッチワークで作ったものなの……」

「探しますね」

わたしは、公園の草の中や滑《すべ》り台《だい》の下を見てまわった。

でもバッグはどこにもなかった。

「そのバッグ、いつ持ってきたんですか」

「いつ……？　いつだったかしら。いつも持ってるのに」

「きょうですか？」

「きょう？　きょうはまだお昼ごはんを食べてないの」

ん？　いきなりお昼ごはんに話が飛んだ。

こまったというように肩《かた》を落とす。

あれ？　あれれ……。

一気に力が抜《ぬ》けて、ベンチに座《すわ》った。おこる気にはならなかった。

「家はどこですか」

「ただみ町の二丁目よ」

「ただみ？」

ただで見る？　と連想していたら、おばあさんが石ころを拾って、地面に「只見《ただみ》」と書く。

にこっと笑って、わたしの顔を見る。

そんな町あったかな。ここは、東京都立川《たちかわ》市の校外。面積が広い市なので、知らない町名もあるけど……。

「この近くですか？」

「ええ、石川県」

はあ？

適当《てきとう》にあいづちを打って、合わせておいたらいいのかなあ。さっさと逃《に》げたいけど、このおばあさん一人置いていって、大丈夫《だいじょうぶ》かな。

ふーう。

こまって、大きなため息をついた。すると……。

「**ため息の形なりけり春の雲**」

おばあさんが、空を見上げて言う。は？

思わずわたしも空を見る。たしかに、そこには、一つぽつんと雲が浮《う》かんでいた。

あれが、ため息の形？

わたしのため息が雲になった?

なわけないでしょ！

でも、なんだかおかしい。

「あなた、名前は？」

「山崎《やまざき》です」

「下の名前よ」

「栞奈《かんな》です」

脱力系《だつりょくけい》のおばあさんだと、こっちも構《かま》えることがない。素直《すなお》に名前を伝えていた。

「カンナ。素敵《すてき》な名前ね。わたしは、すずめよ」

「は？」

「高見《たかみ》すずめ」

「すずめさんですか」

「ええ」

とんちんかんなやりとりに、つい笑ってしまった。そのときだった。

「ばあちゃん！」

公園に走って入ってくる男子がいた。

その男子が着ているのは、うちの学校の制服《せいふく》だけど、一年生ではない。わたし達《たち》一年生のブレザーはまだ新しくてぴんとしている。中学の三年間はもっとも成長する時期なので、男子は少し大きめを購入《こうにゅう》している場合が多い。でも走ってきた人は、ちょっときつきつだ。三年生かもしれない。

まっしぐらにこっちへ来て、はあはあと息をついた。

「もう。かあさんは店があるから出られないし、今警察《けいさつ》に知らせたところだったんだぞ。あ、見つかったって教えなきゃ」

そう言いながら、スマホを出し電話をしている。このおばあさんの孫なんだろう。きっと捜《さが》しにきたんだろう。

よかった。わたしは、もういなくなってもいい。

そう思って立ちあがり、その場を離《はな》れようとした。でも……。

「待って、君。ありがとう」

呼《よ》び止《と》められてしまった。

「いえ、何もしてないです」

顔をそらして、こたえた。

「ばあちゃんの相手、してくれたんだよね。助かったよ。戸塚山《とつかやま》中？　一年生？」

「はい」

「ばあちゃん、連れて帰るけど、いっしょに来てくれない？」

「え？　いえ、それは」

なんで、そこまでしなきゃならない。

「うち、パン屋なんだ。お礼にパンを持ってってほしい」

「大丈夫《だいじょうぶ》です。けっこうです」

関わりたくなくて、逃《に》げようとした。ところが、がしっと腕《うで》をつかまれた。おばあさんだった。すっごい力。

「行きましょう」

わたしにつかまりながら、ベンチから立ちあがる。そしてそのまま手を離《はな》さない。

「ごめん。ばあちゃん、こんなんだから、店までいっしょに来て。お願いします」

そういえば、さっきまではバッグを探《さが》したり、お昼ごはんを食べてないとか言ったりしてたけど、もうすっかり忘《わす》れているみたい。

わたしは、その人に頭を下げられて、しかたなくいっしょに公園を出た。

「おれ、三年。高見連《たかみれん》。文芸部部長」

「はあ」

　また名乗らなきゃならないのか。しかも文芸部とか、別に知りたくない情報《じょうほう》だ。でも、高《たか》見先輩《みせんぱい》は続けた。

「なんの部に入るか、決めてる？」

「いえ」

　この流れは、まずい。

「じゃあ、あした、うちの部においでよ」

「え……」

　仕方なく名前を告げ、「ベーカリーたかみ」に着いた。

　店に入ったとたん、おいしそうなパンの匂《にお》いにつつまれる。

「おかあさん！　よかったー」

　カウンターの中にいた女性《じょせい》が飛び出して、おばあさんに抱《だ》きついた。そこでようやくわたしは解放《かいほう》された。

「じゃあ」

　と、帰ろうとした。でも、こんどは高見先輩に捕《つか》まった。

「待って。パン！　パン食べてって。かあさん、この子が公園でばあちゃんと話をしてくれてたんだ」

「まあ、ありがとう。ふらふら道路を歩いてたら、交通事故《じこ》にあったかもしれないもの。命の恩人《おんじん》ね」

いや、大げさすぎます。でも、高見先輩《たかみせんぱい》に、ぐぐっと店の隅《すみ》にあるイートインコーナーに連れていかれ、座《すわ》るはめになってしまった。

即座《そくざ》にジュースとパンが運ばれてくる。

「お好みもあるかもだけど、焼きたてが一番おいしいから」

にっこり笑い、トレーを置く。

しかもその上にあるコップは三つ。パンも一人分とは思えない。

先輩とおばあさんが私《わたし》の真向かいに座り、ごくごくとジュースを飲んで、パンをぱくつく。

「あー、うめえ」

「いただきます」

急にお腹《なか》がすいてきて、わたしも一口食べた。

「おいしい！」

外側のパイ生地《きじ》は軽くて、中のクリームは濃厚《のうこう》だ。ふっと幸せな記憶《きおく》がわたしの中で目覚めかけた。具体的なシーンは浮《う》かんでこない。でもたしかにあった。

こんなふんわりした気持ちは、久《ひさ》しぶり。

「おばあさん、自分のこと、すずめって言ってましたけど」

それで、ついきいてしまった。

「ああ。俳号《はいごう》だ」

「ハイゴウ？」

「ばあちゃんは、長く俳句《はいく》をやっててさ、ペンネームみたいなもん。俳句も言ってなかった？」

「そうなんですね。俳句……」

俳句って、五・七・五だ。あれ……。

「**『ため息の形なりけり春の雲』**って言ってたの、もしかしたら」

そうだ。五・七・五になっている。あれ、俳句だったんだ。

「ああ、やっぱり。なるほど、ばあちゃんらしい俳句だな」

「あなたも作って」

口の端《は》にクリームをつけ、おばあさんがにっこり笑う。ううっ、なぜそんな展開《てんかい》に。

「作ってみて。ばあちゃん、俳句の話してるときだけ、すっげえしっかりするんだ」

「……」

店には他のお客さんもいる。

そんな中で、俳句？　俳句を作るって、無理でしょ。

「わたしは、そういうのは苦手なので」

「難《むずか》しく考えることはないのよ。

芭蕉《ばしょう》は『俳句《はいく》は三尺《さんせき》の童子《どうじ》にさせよ』って言ってたの。三尺童子って小さい子どものこと。大人は変に構《かま》えてかっこつけたものを作ろうとするけど、子どもにはそういう邪心《じゃしん》がない。だから、小さい子のほうが、いい俳句を作るってこと」

わたしは、もう小さい子じゃないんですが。でも、おばあさん、たしかにさっきとは別人みたいにしっかりしている。芭蕉は、松尾《まつお》芭蕉。小学校の教科書にも出てきた俳人《はいじん》だ。「古池や蛙《かわず》飛びこむ水の音」だったかな。俳句なんて縁《えん》のないわたしが覚えてるくらいだから、すごい人だ。そんな人の言葉まで出てくるんだから、おばあさんもすごい。

「とにかく五・七・五で季語を入れればいい。そうすれば、ばあちゃんが『こうしたらいい』とか添削《てんさく》すっから」

はあ〜？

ああ、そうだ。俳句には季語がいるんだ。さっきのは「春の空」が季語だ。芭蕉の俳句では「蛙」が春の季語だと習った。わたし、しっかり覚えてるな。そうだ。私立《しりつ》中学に行った隣《となり》の席の子がしっかり勉強してたからだ。

どれ、作ってみるか。

じっと手元を見て考える。

「クリームが……」

うんうんという顔で、高見先輩《たかみせんぱい》もおばあさんもわたしを見る。

「クリームがとろりとおいしい春の昼」

どうよ？

「よし！」

「ええ、ええ」

二人が嬉《うれ》しそうにうなずく。

「とろりとおいしいだと、八音《おん》だから、『とろりとおいし』とか『とろりと美味《うま》し』で、もっとよくなるわね」

はあ、しっかり添削《てんさく》されちゃった。

そして、もう一度言われた。

「あした、一年の仮入部《かりにゅうぶ》開始日だろ。文芸部の活動は、図書室。あ、正式に言うと学校図書館ね」

図書室ではなく、図書館？　はてなマークが浮《う》かんだ。

「待ってるから！」

待ってる……。その言葉が、心の奥《おく》にまっすぐささった。
そしてわたしは、
「はい」とうなずいてしまった。
帰りぎわに振《ふ》り向《む》くと、おばあさんは、さっきとは別人のようにぼーっと座《すわ》っていた。

二　図書室

そして、きょう。

こうして高見先輩《たかみせんぱい》と向き合って、図書室にいる。黙《だま》っているって、気まずい。それで、つい口を開いてしまった。

「小学校の図書室より本がたくさんありますね」

めっちゃ、どうでもいい話題だ。すると先輩は、

「ん？　ああ。ここ、図書館だけどな」と言う。

は？

「図書室じゃなくて、図書館なんだ」

そういえば、きのうも、それ言ってたね。入り口には、「図書室」ってありましたけど……。

話がややこしくなるといやなので、口を閉《と》ざした。

すると、次に頭に浮《う》かんだのは、

——文芸部って、何？

という言葉だ。

詩とか、書いてるわけ？　高見先輩《たかみせんぱい》は俳句《はいく》か。いやいや、しぶいよ。男子だったらやっぱサッカーや野球やバスケでしょ。

絶対《ぜったい》人気ないでしょ。部員も他にはいないのかも。いろいろきくと、逆《ぎゃく》に逃《に》げられなくなりそうだから、きかないほうがいい。

やっぱ、逃げたほうがいい。

そう思っていた。

でも、時計の長針《ちょうしん》がきっかり上に来て、わたしが椅子《いす》からお尻《しり》を浮《う》かせかけたとき、ドアが開いた。

「ごめんごめん。職員室《しょくいんしつ》の連絡《れんらく》が長引いて」

縁《ふち》なし眼鏡《めがね》をかけた女の先生だった。白衣《はくい》を着て、長い髪《かみ》の毛を頭のてっぺんでお団子《だんご》にしている。

「おおっ、入部希望者？　やったね」

わたしを見て、声を上げる。

「わたし、顧問《こもん》の関口《せきぐち》。理科の教員だけど、なぜか文芸部顧問なの。一年生の授業《じゅぎょう》は担当《たんとう》してないけど、よろしくね」

「はあ」

「国語の先生は三人いるんだけど、三人とも運動部顧問《こもん》なんだ」

高見先輩《たかみせんぱい》が補足《ほそく》する。

「そうそう。それで去年この学校に赴任《ふにん》したわたしが、なぜか文芸部顧問を押《お》しつけられ、おっと失礼。文芸部顧問を仰《おお》せつかったってわけ。なぜなら、前任校《ぜんにんこう》で顧問をしていた科学部がこの学校にはなかったから。

あ、でも安心してね。わたしも本は好きだし、何かわからないことがあったら、国語の先生に教えてもらえる体制《たいせい》は……」

「文芸部の活動は……」

「待ってください」

先生と高見先輩が、わたしに文芸部の説明をし始めた。ちゃんと言わなくちゃ。

「流れでここに着いてしまっただけです。入部するというわけではありません」

お腹《なか》に力をこめて、伝えた。ところが先生は、

「へえ。流れでここに着いたなんて、文学的表現《ひょうげん》だね。見込《みこ》みある～！　ね、高見くん」

「はい。そう思って勧誘《かんゆう》しました」

「でかしたでかした」

「あの、文芸部員、他にはいないんですか」

「いるよ。あれ、イリーナは？」

「イリーナは、きょう通院日で来られないそうです」

「ああ、彼女《かのじょ》、腕《うで》の治療《ちりょう》してるんだっけ」

どうやらもう一人はいるらしい。イリーナ？　外国人？

「名前書いて。仮入部《かりにゅうぶ》なんだから、決定じゃない」

先生に紙を差し出されたので、仕方なく書く。

その後、結局部活内容《ないよう》を説明された。

活動は週一、木曜日放課後。ここ、図書室。気分を変えて理科室でやることもある。もちろん、それ以外の日もここで本を読んでも、創作《そうさく》をしてもよい。年に一度、文芸誌《ぶんげいし》を発行する。創作は小説でも、詩でもＯＫ。

わたし入部するって言ってませんが。

「じゃあ、きょうは……」

先生が、腰《こし》に手を当てた。

「ビブリオバトル、やりますか」

は？

「三人は微妙《びみょう》っすけどね」

「うん。でもできる。彼女達《かのじょたち》に観戦者として参加してもらえば、なんとかなるし」

そういって、入り口のカウンターにいる司書の先生と図書委員を見る。図書委員は、こくりとうなずいていた。きっと、こういう展開《てんかい》に慣《な》れてるんだ。

「イリーナがいれば、バトラーは四人だし、来週から正式にってことで、きょうはお試《ため》し。山崎《やまざき》さん、ビブリオバトルやったことある？」

すっかりわたしがメンバーに入ってるみたい……。

「あの、さっき教えていただいた部活の内容《ないよう》に、ビブリオバトルってなかったですよね」

「ああ、ごめん。さっき話したのは、主に個人《こじん》の活動なんだ。文芸誌《ぶんげいし》は、その発表の場だしね」

高見先輩《たかみせんぱい》が、わたしの顔を見て話し始める。

「ビブリオバトルは、三月に卒業した先輩の提案《ていあん》で、去年から月に一度やってる。ビブリオバトルのビブリオは、書物を意味するラテン語なんだけど」

バトルはわかる。戦いだ。

「本の戦い？」

一瞬《いっしゅん》、本を武器《ぶき》にして戦っている図を思い浮《う》かべた。なわけない。

「小学校の授業《じゅぎょう》でやる場合もあるけど、山崎《やまざき》さんはやらなかった?」

「やりませんでした」

「そっか。じゃあ、簡単《かんたん》に説明する」

はあ。

ため息が口からもれた。と、同時に、

——ため息の形なりけり春の雲
という俳句《はいく》を思い出した。ここ、図書室にも、今わたしが吐《は》き出した息が出た。それは雲になるほどではないけど。

「一人一人が、お勧《すす》めの本を紹介《しょうかい》する。それから、ディスカッションタイム、つまり質問《しつもん》タイムを設《もう》けて、最後にどの本を読みたかったか投票、あるいは挙手などで意思表示《ひょうじ》をする。票や挙手の数が最も多かった本が、チャンプ本になる。これが、ビブリオバトルの流れ」

「山崎さん、本は? 読むほう?」

先生から質問された。

「いえ」

小学校の低学年までは、よく読んでいた。ママが読んでもくれた。教科書の文字が小さくなるにつれて、本を読まなくなってる気がする。

「全然？」

「いえ、全然ってわけではないですが」

一冊《さつ》だけ、毎日のように開いている本がある。

「なら大丈夫《だいじょうぶ》。ビブリオバトルでは、本を手にして紹介《しょうかい》するから、きょうは、今この図書室にある本限定《げんてい》ってことにしようか」

「そうっすね」

「十分後にスタートしよう。公式ルールは五分のプレゼンだけど、きょうは三分でやります。どの本を紹介するか決めて、また集合」

「よし」

高見先輩《たかみせんぱい》が立ちあがり本棚《ほんだな》に向かう。先生も、「そうねえ、わたしは」と図書室内をぶらつきだした。

「すみません！」

そこにがらがらと戸が開いて、男子生徒が入ってきた。

「文芸部、仮入部《かりにゅうぶ》希望です」

「おお！」

本棚《ほんだな》に向かいかけていた部長が引き返し、彼《かれ》の手をとる。

同じ一年B組の男子だった。いつも教室で大きな声を出して、楽しそうにしている。くるくるしている髪《かみ》の毛は生まれつきだと、騒《さわ》いでいた。名前は……覚えていない。

「四人になった。君、これからビブリオバトルをやるんだ。自己紹介《じこしょうかい》はそのときでいいから、どの本を紹介するか、決めて」

「ビブリオバトルっすか？　がってんです」

ビブリオバトル、知ってるらしい。

わたしは、混乱《こんらん》の真っただ中だ。

三　ビブリオバトル

十分後、四人がそれぞれ本を手に集まった。

遅《おく》れて来た男子が、自己紹介《じこしょうかい》がてら最初に発表することになった。

「音成紘一郎《おとなりこういちろう》。一年Ｂ組です。実は今、美術部《びじゅつぶ》の仮入部《かりにゅうぶ》&正式入部申《もう》し込《こ》みをしてきました」

は？

わたしだけではなく、先生も高見先輩《たかみせんぱい》もけげんな顔だ。

「美術部からは、文芸部との兼部《けんぶ》ＯＫの許可《きょか》をもらってきました。文芸部はどうでしょうか。あ、返事はあとでけっこうです。ただ、もし文芸部が兼部はＮＧということでしたら、入部はできないことになります。

なぜ美術部と文芸部、両方に入りたいかというと、ぼくはアニメ監督志望《かんとくしぼう》だからです。そうです。あの有名な宮崎駿《みやざきはやお》監督のような、新海誠《しんかいまこと》監督のような、いえ、二人を超《こ》えるような作品をいつか作るのが、夢《ゆめ》です。

そのためには絵コンテを描《か》けなくてはなりません。脚本《きゃくほん》も書けなくてはなりません。それで、美術部《びじゅつぶ》と文芸部なのです」

本の紹介《しょうかい》がさっぱりない。でも、聞き入ってしまった。

「さて、本ですが。

ぼくが紹介するのは、これです」

ばんと表紙を見せた。それは、『小説 君の名は。』。アニメ映画《えいが》のノベライズ本だった。

「映画『君の名は。』が公開されたとき、ぼくはまだ保育園児《ほいくえんじ》だったのでリアルタイムでは観《み》ていません。下調べしてないからはっきりしないけど、十年近く前ってことですね。でもその後テレビで何度も放映《ほうえい》されてるので観た方も多いのではないでしょうか」

つい、うなずいてしまった。だって、有名な映画だもの。

「ぼくは、テレビやサブスクで五回観ました！

日本だけではなく、世界中でも公開された、空前の大ヒットアニメ映画ですね！」

「ね！」の声が、図書室に響《ひび》いた。熱い。熱苦しい。

なるほど。ファンにとっては、大ヒットだけではなく、空前の大ヒットなんだな。

「ストーリーはご存《ぞん》じかもですが、ある朝目覚めたら、東京の男子高校生、瀧《たき》と、飛騨《ひだ》の山あいの町に住む女子高校生、三葉《みつは》が入れ替《か》わっていたというところから始まる、青春ＳＦファンタジーです。美しい映像《えいぞう》とドラマチックな展開《てんかい》は、一瞬《いっしゅん》も見逃《みのが》せず、あー、公開当時に大きなスクリーンで観《み》たかったたと思いました」

高見先輩《たかみせんぱい》が、うんうんとうなずいた。やっぱり観てるんだ。

「ところが、映画《えいが》ははっきりした数字はわかりませんが、二時間程度。そこに全ての設定《せってい》を入れることはできません。そこで、新海監督《しんかいかんとく》は小説を書き、映画では三葉や瀧《たき》の表情《ひょうじょう》で訴《うった》えていたことを、言葉で表現《ひょうげん》しています。というより、実は小説が映画より先にできたということです。

映画や漫画《まんが》のノベライズは、別のライターが書くのがふつうですが、『小説 君の名は。』は、新海監督自身が書いたというのが、最大級に意味のあることです。

映画の映像を思い浮《う》かべながら、文字を追う。そうすることで、より深く映画の内容《ないよう》を味わい直すことができるわけです」

その後、音成《おとなり》君は「ネタばれになっちゃうか。でも皆《みな》さん観てるでしょうし、いいですね」と言い訳《わけ》のようなことをつぶやき、映画の内容を話し、『君の名は。』後に公開された新海監督の別のアニメ作品を語った。そこで時間切れとなった。

先生が持ってきたタブレットに、ビブリオバトルタイマーが表示《ひょうじ》されていて、３分から秒単位で残り時間が知らされていく仕組みだった。残り時間が60秒になるとその数字の色が赤になり、タイムオーバーで、カカカカンと鐘《かね》が鳴る。

「では、ディスカッションタイムに入ります」

「はいっ」

高見先輩《たかみせんぱい》が、すかさず手を挙《あ》げた。

「実はこの映画《えいが》、観《み》てないんですが、映画を先に観たらいいですか？　それとも、先にこの本を読んだらいいでしょうか」

さっきうなずいてたのは、「観た」という意味ではなかったのか。

「おお、あの映画を観てない人、初めて会いました。貴重《きちょう》です。では、よかったら先に本を読んで、それから映画を観てください。

ぼくも友人達《ゆうじんたち》も、みんな映画を観てから本を読んでるので、逆《ぎゃく》パターンの感想を知りたいです」

あくまで自分の興味ってわけね？

「はい」

今度は先生が手を挙げた。

「日本のアニメ技術《ぎじゅつ》はすごいです。音成《おとなり》君は、どういうアニメを作りたいんですか？」

00:4

「具体的なストーリーはまだありません。とにかくいろいろ観《み》て、読んで、表現方法《ひょうげん》を学んでいきたいです」

すごいなあ。

ん？　みんながわたしを見てる。え、質問《しつもん》しろって？

「はい。あの、わたし、この映画《えいが》を観ましたが、ちょっと疑問《ぎもん》もあって……」

「なんでしょうか」

音成《おとなり》君が身を乗り出してきた。

「ええーっと、あの男子高校生は、好きになった子を救《すく》うために、がんばったんですよね。でもあそこが非現実的《ひげんじってき》っていうか……」

ああ、わたし、何言ってんだろ。こんなに有名な映画を批判《ひはん》する気？

――カカカカン
ほっ。質問タイムが終わった。

「あー、残念です。後で今の続き、ぜひ聞かせてください。ありがとうございました」

音成君の発表が終わった。

次は関口《せきぐち》先生の発表。先生は、『文系《ぶんけい》のための物理学』という本を楽しそうに語った。

続いて高見先輩《たかみせんぱい》が紹介《しょうかい》したのは、『野心あらためず』という本だ。

「この本の作者、後藤竜二《ごとうりゅうじ》さんは『1ねん1くみ』シリーズという幼年《ようねん》童話や高学年が主人公のリアリズム作品も書いてます。でもこれは、歴史《れきし》小説です」

「1ねん1くみ」シリーズはわたしも読んだことがある。くろさわくんというガキ大将《だいしょう》と、その子に翻弄《ほんろう》されるくどうくんの物語。二十冊《さつ》以上出ているはずだ。

「奈良時代から平安時代にかけて、東北の北上《きたかみ》川流域《りゅういき》には、日高見《ひたかみ》という、朝廷《ちょうてい》にまだ支配《しはい》されていない国があったんです。そこに住んでた人達《ひとたち》はエミシと呼《よ》ばれていました。実はぼくの母のふるさとで……」

そこで、なぜか一拍《ぱく》置く。

「なんと、今アメリカ、メジャーリーグで大活躍《だいかつやく》の大谷翔平《おおたにしょうへい》選手の出身地でもあるんです」

そこを強調したかったらしい。発表のテクニックだ。

「朝廷は彼《かれ》らから税《ぜい》をとり、働かせ、豊《ゆた》かな土地を自分達のものにしようとしたのです。そのため城を造《つく》って着々と北の地に支配を広げていきました。あ、城というと、大阪城のような建造物を思い浮《う》かべるかもですが、あれは戦国時代のもの。その前のものは、塀《へい》で囲《かこ》われた政庁という役所や兵士の宿舎があるところで、天守閣《てんしゅかく》はありません。それでも、当時周辺に住んでいた地元民の粗末《そまつ》な家とは比《くら》べようもなく豪華《ごうか》で威圧的《いあつてき》なものでした」

うーん、歴史《れきし》の講義《こうぎ》みたいだ。

そのあたりから、先輩《せんぱい》の発表が頭に入ってこなかった。

次はわたしの番。

どんな風に紹介《しょうかい》しよう。

あー、発表本のチョイスに失敗したかも。

と、頭の中がぐるぐるしていた。

——カカカカン
発表が終わり、ディスカッションタイムに入った。発表の大事な部分を聞いてないんだから、質問《しつもん》もできない。音成《おとなり》君が「歴史小説、いいですね。映像化《えいぞうか》もありだなと思います。馬に乗るシーン、ありますか?」なんてきいているのを横目で見ながら、足元がふわふわして、震《ふる》えそうになるのをこらえていた。

わたしが発表する番になった。

おずおずと立ちあがる。

「わたしが紹介するのは、『星の王子さま』です」

それまでノートで表紙を隠《かく》していた本を出す。そして、失敗したと思っていた。

『星の王子さま』は、超がつくほど有名なロングセラー本だ。ファンも多い。文芸部の人達《ひとたち》が読んでいないはずはない。その本を紹介《しょうかい》してどうするっていうの。

最後には、発表を聞いて読みたいと思った本に投票するのが、ビブリオバトルというものらしい。これまでの発表本は、どれもわたしが読んだことのないものだった。その中から一番読んでみたいものを選べばいい。もしここに読んだことのある本が混《ま》じってたら、その本には投票しないだろう。

つまり『星の王子さま』を読んでみたいと思う人がいるはずないってことだ。

「この本は、いつも手元にあって、時々読み返しています。という人、案外多いかもというくらい有名な本です。

作者サン＝テグジュペリと思われる人物が砂漠《さばく》で星の王子さまと出会い、心を通わせる童話です」

他に自信をもって紹介できる本を見つけられなかったのだ。

「一番好きなのは、冒頭《ぼうとう》の、ゾウを飲《の》み込《こ》んだウワバミの絵です。一度中身を見せられると、最初の絵を見ても、ああ、ゾウを飲み込んだウワバミだねと思えますが、そうじゃなかったら、やっぱりわたしも、あれは帽子《ぼうし》にしか見えません。

王子さまはいろんな星に行きますが、そのエピソードはそんなに楽しくはありません」

やだ、わたしってば、おもしろさをアピールしなきゃいけないのに。

「バラの花のエピソードは好きです。高慢《こうまん》ちきなバラですが、王子さまに、また会いたいと思ってもらいます。

本当に大事なものは目に見えないということ、ふだんの生活では忘《わす》れがちですが、忘れないようにしたいです」

これは小学校のとき、読書感想文で書いたフレーズだ。

大事なものは目に見えない。

今わたしには、特に大事なものなんてない。見えてないだけ？　だったら、誰《だれ》か教えてほしい。大事なものって、なんなの？

やばい、あと何を言ったらいいんだろう。タイマーの数字はやっと赤くなったばかり。時間はまだ一分もある。

「イラストは、子どもが描《か》いたみたいですが、作者自身のものです。この砂漠《さばく》と星なんて、わたしでも描けます。でも、忘れられない景色だなと思います」

これは、『君の名は。』のような絵ではない。

一分が長い。

この本を選んだ時点で、負けが決まってるようなものだ。もう終わってほしい。

……。

言葉が続かない。

「でも、なぜかこの本が好きです。今こうやって紹介《しょうかい》しながら、どうして好きなんだろうと、思ってます」

もしかしたら、すごく有名な本だから、この本が好きっていう人がいっぱいいるから、だからいい本だと思いこんじゃってたんじゃないのかな。そう、考えちゃう。

――カカカカン
ふう、終わった。わたしは一礼をした。

「ディスカッションタイムです。わたしからきいてもいいかな」

先生は、司会をしながらの参加だ。

「はい」

「わたしは、理科の教員。科学者なのね。子どものとき、初めてこの本を読んで思ったのは、星の王子さまの星には空気があるのかなってことでした。山崎《やまざき》さんは、どう思いますか?」

空気?

「あるんじゃないでしょうか。酸素《さんそ》ボンベをつけてるわけじゃないし、花が咲《さ》いてるんだし」

「はい」

「はい、高見《たかみ》君」

高見先輩《たかみせんぱい》が手を挙《あ》げ、先生が指名する。

「バラの花が咲《さ》いてるんですよね。水をあげてるから水もある。では、食料はどうですか？」

王子さまは、宇宙人《うちゆうじん》だ。でも最後のほうで井戸水を飲む。だから、やっぱり地球人と同じく水や食料が必要な体なんだと思う。

「はい。水はあるはずです。食料は……。そういうこと書いてないけど。でも、これはお話なので」

星から星への移動手段《いどうしゆだん》も書いてない。ロケットでもない。そこは省略《しようりやく》されている。お話だから……。待って、お話ならなんでもあり？　そうじゃないはず。

「はい」

カウンターで聞いていた図書委員が、手を挙げた。

「最後に王子さまは倒《たお》れますよね。その少し前に黄色いヘビと会話をしていたから、そのヘビにかまれたのかな？　と思うんですが、わたしは、あそこがいつも、はっきりしなくって。王子さまは自分の星に帰ったのか、それとも死んでしまったのかが、わからないんです」

「うん。はっきり書いてないよね」

高見先輩もいう。

「ああ～、それ、映画《えいが》では、はっきりヘビの毒《どく》にやられたのがわかるんだよねえ」

音成《おとなり》君が頭をかいた。

「映画観《み》たの？」

「一応《いちおう》ね。実写のミュージカルだったから、おれが目指してるアニメとは表現《ひょうげん》が違《ちが》うけど、あの物語をどういう映像《えいぞう》にしたのか気になったから」

熱心だな。

――カカカカカン
タイムアウトだ。

「ビブリオバトルはゲームだから、ルール通りに進行します。途中《とちゅう》でも時間がきたらおしまい。あ、一応言っておくけど、今高見《たかみ》君と音成君は、挙手をしないで前の人の質問《しつもん》の内容《ないよう》に割《わ》って入ったよね。あれはルール違反《いはん》です。一人の質問に、まず発表者が答える。それに対してまた質問があったら挙手をします」

「はい。すみませんでした」

先輩《せんぱい》と音成君が謝《あやま》る。

そうか。さっきは、わたしがちゃんと答えるべきだったんだ。

四　入部してしまった。

「では、これから投票に入ります。投票の仕方も、挙手で決めるとか、紙に書いて出してもらうなど、いくつかあります。

今回は観戦者が少ないので、挙手でいこうかな。

発表順で、一番は音成紘一郎《おとなりこういちろう》君が発表した『小説　君の名は。』。二番がわたし、関口《せきぐち》このみの『文系《ぶんけい》のための物理学』。三番が高見連《たかみれん》君の『野心あらためず』。四番が山崎栞奈《やまざきかんな》さんの『星の王子さま』」

発表された本は四冊《さつ》、観戦者は司書の先生と図書委員を入れて、六人。つまり投票数は六票だ。みんな、もうどれに投票するか、決めてるんだろうか。

「発表のうまいへたではなく、どの本を読みたくなったかで決めてくださいね」

わたしは……。

こまった。自分の発表が最後だったから、そのことが気になっていて、後にいくにつれてちゃんと発表を聞いてなかった。一番ちゃんと聞いたのは『小説 君の名は。』だったけど……。映画《えいが》を観《み》たすぐ後だったら、あの小説も読んでみたかったかも。でも映画を観たのは随分《ずいぶん》前だし……。映画で出てなかった内容《ないよう》に、今はそんなに興味《きょうみ》はない。

理科はどっちかというと苦手だ。先生が紹介《しょうかい》した本を読んだら少しは楽しいと思えるだろうか。

となると、高見先輩《たかみせんぱい》が紹介した『野心あらためず』かな。でもちらっと中身が見えたけど、漢字が多そうだった。読みやすいのは『小説 君の名は。』かな。

結果は……。

『小説 君の名は。』が一票（わたし）。『星の王子さま』が、五票だった。

ええええっ⁉

「チャンプ本は、『星の王子さま』です！」

先生が高々と宣言《せんげん》した。まわりからも、拍手《はくしゅ》がわく。いつのまにか、十人くらいのギャラリーが集まっていた。

「どうして？」

わたしは困惑《こんわく》したままだった。

「みんな、『星の王子さま』を読んだことがないんですか？」

でも、内容《ないよう》のことを質問《しつもん》してたよね。読んでなきゃ、できない質問だったと思う。

「いや、読んだことあるよ」

音成《おとなり》君があっさりと言う。そうだよね、その上で映画《えいが》を観《み》たってことだよね。

「うん、ぼくも読んだことある」

高見先輩《たかみせんぱい》も先生達《たち》も、そして図書委員の子も、深くうなずいている。

「だったら、どうして？」

「うーん。なんか、もう一回読みたいなと思ったんだよな」

音成君が笑った。

「そうそう。あの本は不思議な魅力《みりょく》がある。ちょっとわからない部分もあるし、先生が言ったみたいに科学的じゃない。あれでいいのかなと疑問《ぎもん》もわくのにね」

「わたしは、あの絵をもう一度見たくなりました」

高見先輩につづいて図書委員の人が発言し、わたしが持っていた本を指さした。王子さまが小さな星の上に立ってる絵だ。

「ロングセラー本の強みを再確認《さいかくにん》しました」と言ったのは、司書の先生。

「わたしは、科学者であって文芸部の顧問《こもん》なのでね。科学的には筋《すじ》が通らない物語の魅力を、もっと知りたいなって思ったの」

先生も真剣《しんけん》に考えて選んでくれたんだ。

「びっくりしました」

わたしは、素直《すなお》な気持ちを伝えた。そして、

「すみません。高見先輩《たかみせんぱい》の発表は、後半ちゃんと聞いてなかったんです。次が自分だと思うとどきどきして。それで、読みやすそうな『小説 君の名は。』に手を挙《あ》げました」とも。

「どういう理由でも、一票入って嬉《うれ》しい」

音成《おとなり》君が頭をかく。


ということで、わたしは『小説 君の名は。』を借り、文芸部は解散《かいさん》になった。音成君の兼部も、問題なし。次回は一週間後だという。

なんか、しっかり入部してしまった感じだ。それに仮入部《かりにゅうぶ》は一週間だけど、週一の活動しかない文芸部は、その機会がきょう一日だけってことだ。せめて今の期間だけでも一年生が体験できるようにしてたら、他の日に来る子がいるかもしれないのに。……いないか。

「山崎《やまざき》さん」

昇降口《しょうこうぐち》に向かっていたら、音成君に声をかけられた。

「さっき、途中《とちゅう》になったこと、聞かせてほしいんだ」

「あ、『小説 君の名は。』のこと？」

「そう。ひっかかってることがあるみたいだったから」

「うん」

　昇降口《しょうこうぐち》でスニーカーに履《は》き替《か》え、少し話をすることになった。校舎《こうしゃ》を出て、ビオトープの脇《わき》に行く。すると教職員の出入り口から関口《せきぐち》先生も出てきた。

「あら」

　しかも、ビオトープへ来る。

「わたし、ビオトープの写真を毎日撮《と》って記録してるの」

　手には一眼《いちがん》レフカメラを持っていた。

　先生にも聞かれるけど、しかたがない。わたしは、あの映画《えいが》で気になっていたことを、音成《おとなり》君に伝えた。

「あの物語、最初の方はどたばたしてたけど、最後はすごくシリアスでしょ。好きになった女の子を助けるため、過去《かこ》を変えちゃうんだよね」

「ああ」

「そこが……」

「そこが？」

「過去《かこ》を変えるなんて、すごく大変なことでしょ。んん、ごめんね。例えば今、世界では戦争になっている地域《ちいき》があるけど、事前に国外に逃《に》げていたら死なずに済《す》んだ人達《ひとたち》がいる。でも、それは実際《じっさい》にはできない。物語だからって言ってしまえば、それで終わるんだけど、そこが腑《ふ》に落ちないの」

「ああ〜。実はあの作品、新海監督《しんかいかんとく》は、東日本大震災《だいしんさい》の被災地《ひさいち》に行ったときに着想がわいたって聞いてる」

　わたしが小さいときに東北地方太平洋側で起きた東日本大震災では、たくさんの家や人が津波で流され、原子力発電所事故も起きた。今でも毎年三月になると、テレビで被災地のその後の様子が放送されている。たしかに津波《つなみ》が来ることをあの日の前に誰《だれ》かが伝えたら……。それを願う人は大勢《おおぜい》いるはずだ。

「そうなんだ。じゃあ監督も、もしあの震災で亡《な》くなった方を救《すく》うことができたらという気持ちで作ったのかな」

「タイムトラベルに関しては、すっげえいろんな小説や映画《えいが》があってさ。山崎《やまざき》さん、バタフライエフェクトって知ってる?」

「さあ。バタフライは、蝶《ちょう》だよね」

　この人、いろんなことを知ってるし、調べてるんだな。

「うん。エフェクトは効果《こうか》。小さな蝶《ちょう》が羽ばたいたことが、遠く離《はな》れた場所で大きな変化につながる場合があるってことなんだ。たとえば遠い過去《かこ》へタイムスリップして、人が一人ケガをするのを防《ふせ》いだとして、ケガしなかったその人が野球でホームランを打つ。そのボールが場外へ飛んで、将来癌《しょうらいがん》の特効薬《とっこうやく》を発明するはずだった人の頭にぶつかり、その人は死んでしまう。すると癌の特効薬はできず、たくさんの人が病気で死ぬ」

「だったら、『君の名は。』だって」

「そうだよな。山崎《やまざき》さんの気持ち、よくわかる。ああやって、大勢《おおぜい》の人が助かった世界は、助からなかった世界とは違《ちが》う。これ、パラドックスっていうんだけど……」

話が難《むずか》しくなりそうと身構《みがま》えた。横に大きな石があるので座《すわ》ろうかとも思ったけど、腰《こし》を据《す》えてじっくり話したいわけではない。

「あのね」

先生が話に入ってきた。

「わたしが紹介《しょうかい》した『文系《ぶんけい》のための物理学』には、そういうことも書いてあるんだ」

「「え?」」

「タイムトラベルができるかどうか。タイムマシンができるかどうかってこと」

「そうなんですか?　できるんですか?」

音成《おとなり》君がくいつく。

「うん。あのね、できないことはない。でも未来へは行けても、過去《かこ》へ行くのはできない……。それが現時点での物理学の結論《けつろん》」

「ええー！」

「でも、あくまでも今のところよ。今後、アインシュタイン並《なみ》の発見があるかもしれない。SF小説というのは、今わかっていることをベースにして、今は不可能《ふかのう》とされていることができるようになる社会を書くこともあるわけだしね」

「そうです。そこが小説やアニメ、映画《えいが》の醍醐味《だいごみ》の一つだと思います」

「うん」

わたしは、二人の会話を感心して聞いていた。本の話からスケールが大きくなっている。

タイムマシンかあ。

未来に行ったら何をするわけ？　あ、宝《たから》くじの当選番号を調べてもどって、一億円を当てるとか？　そしたら、世界旅行でもできるってわけね。

ママと世界旅行ができたら楽しいかも。

でももどってきたら、また平凡《へいぼん》な毎日だ。もっと有意義《ゆういぎ》な使い方はないかな。

……。いやいや、こんな妄想《もうそう》をしてもしかたないっしょ。

五　脳《のう》の引き出し

自分の部屋で、借りてきた『小説 君の名は。』を開いた。

難《むずか》しい言葉もなく、さくさくと読み進むことができる。

どのくらい時間が経《た》ったのか、ふと顔を上げると、窓《まど》の外はもう暗くなっていた。本の中では、まだ二人の主人公が入れ替《か》わりを続けていて、終わりは見えない。

はーっ。

本を伏《ふ》せかけて、(おっと)と思う。こうやって広げて伏せると、本が傷《いた》むからダメと教わったことがある。あの頃《ころ》は、ママがよく本を読んでくれてたんだった。

本にしおり紐《ひも》がついてないので、何か挟《はさ》むものをさがした。鉛筆《えんぴつ》？　ティッシュ？　味気ないな。

机《つくえ》の引き出しを開けたら、おばあちゃんからきた葉書《はがき》があった。

おばあちゃんは、こうしてときどき葉書をくれた。絵手紙だ。

「朝顔が咲《さ》きました」という文字と、青紫色《あおむらさきいろ》の朝顔の絵がある。日付《ひづけ》は、去年の八月。これが、最後にもらった葉書《はがき》だった。このあと、おばあちゃんは調子が悪くなって亡《な》くなってしまったから……。

葉書をしおり代わりに挟《はさ》み、本を閉《と》じる。

カーテンを閉《し》め、さて。

きょうはわたしの当番だったよ。

この2LDKのマンションは、わたしとママしか住んでいない。両親は去年離婚《りこん》して、パパは出ていったからだ。めずらしいことでもなんでもない。原因《げんいん》は性格《せいかく》の不一致《ふいっち》だって。これも、めずらしくない。

ただ変わったのは、ママに、

「これからは、わたしとあなたの二人暮《ぐ》らし。夕飯の支度《したく》とリビングの掃除《そうじ》は当番制《とうばんせい》にしよう。お互《たが》い相手の作ったものに文句《もんく》は言わないこと」と宣言《せんげん》されたことだった。

火、木、土がわたしの当番だ。ママの当番の平日は、帰りにお総菜《そうざい》を買ってくるのが、ほとんどだけど。

対面式のキッチンがある十五畳《じょう》のリビングへ移動《いどう》。カーテンを閉めて、冷蔵庫《れいぞうこ》のチェックをする。文芸部への仮入部《かりにゅうぶ》があったため、買い物に行っておらず、中にはたいしたものがない。

瓶詰《びんづ》めの鮭《さけ》フレーク、海苔《のり》、それから冷凍庫《れいとうこ》からご飯を四パック出す。レンジでチンして、ボウルに入れ、鮭を混《ま》ぜ込《こ》み、おにぎりにする。これと野菜ジュースじゃ、あんまりかな。でも文句《もんく》は言わない約束だから、試《ため》してみるか。

「ただいまー」

帰ってきた。

「おかえり」

ママは会計事務所《じむしょ》に勤《つと》めている。残業があったみたいで、きょうはいつもより一時間遅《おそ》い帰《き》宅《たく》だ。

ママが手を洗《あら》って着替《きか》えてる間に、ざっと掃除機《そうじき》をかける。その後、さっき作ったおにぎりをテーブルに運んだ。

テーブルの真ん中の皿に、おにぎりが四つ。それぞれの前にパックの野菜ジュースだ。

「ふうん」

ママはひと言だけつぶやき、ジュースのパックにストローをさした。

「きょう、文芸部に入ったんだ」

「へえ」

「それで、買い物する時間なかった」

「別にいいよ」

いいよと言いながら立ちあがり、冷凍庫《れいとうこ》から冷凍枝豆《れいとうえだまめ》を出して、レンジに入れる。

相手が作ったものが物足りなかったら、自分で補《おぎな》う。これもルールだ。

チン。

湯気のたった枝豆と缶《かん》ビールがテーブルに置かれた。

プシュッ。ママが缶ビールのプルトップを引っぱった音が頭の中ではじける。頭の中って、脳《のう》かな。

いや、これはプルトップの音じゃなくて、ビールの音？　ビールの泡《あわ》が静まるようにわたしの脳も静かになる。

「文芸部とはね」

「ダメだった？」

静かになった脳内《のうない》が、こんどはざわつく。

「ダメなんて、言ってない。わたしはずっと運動部だったからさ、父親似《ちちおやに》なんだなあと思ったの」

「パパ、文芸部だったの？」

「大学はヨット部だったけど。中学や高校は知らない。ただ、本は好きだったでしょ」

たしかに。パパがいたときは、このリビングにも本がいっぱいあったっけ。

「ヨット部って、セレブっぽいね」

「ぜんぜん、セレブじゃなかったでしょ」

こうして、出ていったパパの話も時々する。離婚《りこん》はしたけど、憎《にく》み合ってるわけではないみたい。ただ、パパはその後ベトナムに赴任《ふにん》したため、今ではたまにラインのやりとりがあるくらいだ。

「ふうん。木曜日なのね。じゃあ、木曜日は外食にする？」

「前の日に買い物をしておけば、簡単《かんたん》なものなら作れるから、大丈夫」

「おお〜。栞奈《かんな》！　素晴《すば》らしい、しゅ……」

ママが何か言いかけて口を閉《と》ざした。

でもわたしはピンときた。わたしとママの間に、今現《あらわ》れかけたのは、「主婦《しゅふ》」という言葉だ。

素晴らしい主婦だね。素晴らしい主婦になれるよ。みたいに言いかけて黙《だま》ったんだ。

だって、黙った後、ママはキッチンに目を向けたもの。

パパとママは目立った喧嘩《けんか》はしなかった。でもママは以前はフルタイムでは働いてなくて、
パパが帰ってくる時間には、すぐに食事ができるような、つまり主として「主婦《しゅふ》」をしていた

のだ。

今、その言葉「主婦」はママ自身を傷《きず》つけ、わたしを縛《しば》りつける。ママがとっさにその判断《はんだん》をしたのがわかった。

「で、栞奈《かんな》は、文芸部で何をするの？」

「え？」

「小説を書く？　ああ、いいねえ。読みたい」

「まだ、何をするかは決めてないの。流れで入部しただけだから」

「何、それ」

何、それっ……か。わたしも、そう思ってるよ。

空《から》になった皿を洗《あら》う。こういう食事だと洗い物も少なくて、楽ちんだ。

ほんとに文芸部に入って、よかったのかな。

そう思ってたら、ママが肩をすくめた。

「まあ、やってみてダメだったら、やめればいいよね。人生いくらでもやり直しができるんだから」

はい。あなたが言うと、説得力《せっとくりょく》があります。

自分の部屋へもどったわたしは、『小説 君の名は。』の続きを一気に読んだ。

ふー。

音成《おとなり》君が言ったように、読んでいると、映画《えいが》の画面が浮《う》かぶ。三葉《みつは》も瀧《たき》君も、あのビジュアル以外は思い浮かばない。物語の先もわかっているから、後半は一文字一文字しっかり読もうという気持ちにならず、飛ばし読みだった。作者や音成君にゴメンという気持ちになる。

こんな恋《こい》がしたい？　……思わない。というより、あり得《え》ない。

現実《げんじつ》の世界でわたしが出会う男子は、高見《たかみ》部長や音成君みたいなタイプ。別に悪いわけじゃないけど、ときめく要素《ようそ》はないよね。

言葉も経験《けいけん》も脳《のう》のどこかに記憶《きおく》されている。言葉が生まれるのも脳だ……よね。心？　いや、やっぱ脳だ。

実際《じっさい》に会っている部長や音成君の顔も声も、脳のどこかにある引き出しに、しまっておきたいものではあった。

六　空気が違《ちが》う。

翌週《よくしゅう》の木曜日。

わたしはまた図書室にいた。

高見《たかみ》部長はノートパソコンを開き、すごい速さでキーボードを叩《たた》いている。音成《おとなり》君は、ノートにシャーペンで何かメモっている。

週一の文芸部活動は、図書室に集まったら、ビブリオバトルの日以外はそれぞれのやりたいことをする。いったん四時に先生や部長から話がある……場合もあるとのことだった。四時にはまだ十分ある。

カウンターには、司書の先生と、先週とは違う図書委員が座《すわ》り、本棚《ほんだな》を見ている生徒も数人。隅《すみ》のテーブルで本を読んでいるのは、先週もいた人だ。

髪を黒いゴムでまとめ、前髪《まえがみ》が極端《きょくたん》に短い。ヘアサロンに行かず、自分でカットしてるようなスタイルだ。

上履《うわば》きの先は青色。二年生だ。わたし達《たち》一年生の上履きは、赤。二年生は青、三年生は緑と区別されているのだ。教室と違《ちが》って、余計《よけい》なおしゃべりがなくて静かだ。

この静けさ、案外好き。

教室とは空気が違う。

月曜日、一人でここに来てみた。ぶらぶらと本棚《ほんだな》を見て、時々本を抜《ぬ》き出してめくってみた。でも、なんだか落ち着かなくて、すぐに出てしまった。

その後は足が遠のいていた。

でも、きょうは落ち着く。

部長は、「図書室ではなく、正式には『図書館』」と言った。

『図書館を利用しよう』という本を見つけたので開いたら、そのことも書かれていた。

学校図書館法というのがあるのだそうだ。学校という建物にもう一つの独立《どくりつ》した建物があるみたいだ。でも実際《じっさい》には一室なので、図書室と呼《よ》ばれることの方が多い。その本には、本の分類や調べものをするときに司書さんが本を探《さが》してくれるレファレンスのことなどが、わかりやすく写真入りで書かれていた。文芸部の活動に利用できるとはなかったけど。

つまり、ここは図書館であって、通称《つうしょう》図書室。わたしが住んでいるのは、マンションだけど、わたしの「家」はその一部分だ。それに似《に》ているのかな。こうして、学校の中にあって、他とはちょっと空気が違《ちが》う部屋だ。

もしかしたら、ここにある本一冊《さつ》一冊から「何か」が外にもれているんじゃないかな。って……。

「何か」って、「何」よ。

そんなふうに心の中で自分に突《つ》っ込《こ》みを入れながら、表紙を見せて置かれている本のイラストを眺《なが》めたり、背表紙《せびょうし》のタイトルを読んでいた。そして、ちらちらと高見《たかみ》部長や音成《おとなり》君を見る。二人の集中力に感心する。

他にも、数人本を探《さが》している人達《ひとたち》がいる。

カフェオレのカップをスプーンで混《ま》ぜるみたいに、その人達が図書室の空気をかきまぜている。

あ、わたし今、少し文学的だった。この空気のおかげかも。

何もせずに、窓《まど》から外を見ている女子もいた。肩《かた》ぎりぎりで揃《そろ》っている髪《かみ》の毛はストレートで、少し茶色っぽい。その頭から足元に視線《しせん》を移《うつ》す。上履《うわば》きの先は緑。三年生だ。

図書室で何もしないって、なんだろう。

不思議な雰囲気《ふんいき》だ。

ふっとこっちを振《ふ》り返った。

しまった。目が合った。と思ったときだった。

「すみません。文芸部、入部希望です！」

入り口が開き、元気な声が飛びこんできた。

真っ先にショートボブの頭に目が吸《す》い寄《よ》せられた。白と黄色の髪留《かみど》めが二個《こ》ずつついている。

それを見て、あっと思った。入学式のときに、赤い髪留めをしてきた新入生がいたのだ。小さい髪留めなのに、同じ色、同じ形の制服《せいふく》の中ではやけに目立ち、そういえば、事前に渡《わた》された校則《こうそく》に髪留めはダメとは書かれてなかったなと思ったのだった。でも、数日後には、その子は先生に注意されたといううわさが伝わってきていた。わたしより背《せ》は低そうだけど、パワーがあるせいか、大きく感じる。

わたしは思わず自分のショートヘアを軽くかき上げていた。ヘアサロンにはまめに行っているので、前髪が邪魔《じゃま》になることもなく、髪留めをつけたことなどなかった。

彼女《かのじょ》の足元は……赤。一年生。やっぱりあの子だ。

「一年C組。野平《のひら》あいです。愛するの『愛』に、『衣《ころも》』。野平は、野が平らです」

入り口から入ったところで、直立不動のまま一気に挨拶《あいさつ》。たぶん、図書室内の誰《だれ》が文芸部員かわからないでいると思う。

「おー、大歓迎《だいかんげい》です」

高見《たかみ》部長が立ちあがり、野平《のひら》さんに近づいていく。

んん？　と髪留《かみど》めをしげしげ見る。

「髪パッチン」

「はい？」

「ニックネームだ。あー、ニックネームをつけるのは小学校では禁止《きんし》されてるよね。中学の校則《こうそく》にはないけど、ほぼ使われてない。でもぼくは、その子の個性《こせい》に親しみを感じての使い方なら〝あり〟と思ってる。文芸部内では、ＯＫにしてるんだ」

たしかに。三月まで通っていた小学校では、「友達《ともだち》をニックネームで呼《よ》ぶのはやめましょう」「苗字《みようじ》に『さん』をつけて呼び合いましょう」と言われていた。以前は、背《せ》の高い低いや髪型《かみがた》など、見た目でニックネームが決まる場合があった。でも、イジメにつながるからなくなっていると聞いたことがある。

「ぼくたちは表現者《ひょうげんしゃ》なんだから、個性は大事にしたい。いやだったらやめるけど？」

「いえ、嬉《うれ》しいです。

色つきの髪留めはやめなさいと、先生に言われました。でも、これはあたしがあたしを励《はげ》ますためのアイテムなんです。だから、きょうも教室では黒をつけてたけど、図書室に入る前に変えたんです」

「おおー、いいね。髪《かみ》パッチン、よろしく。ぼくは部長の高見《たかみ》です」

髪パッチンもニックネームをつける感覚も古いなと思ったけど、言わずにおく。

「今年は一年生が三人ってことだ。すごいね」

そこに加わったのは、窓辺《まどべ》にいた三年女子だった。文芸部だったんだ。

「だよな！　よし、四時だ。文芸部集合」

部長が嬉《うれ》しそうに、反応《はんのう》した。

他の部に比《くら》べたら圧倒的《あっとうてき》に少ないと思うけど、三人の入部を喜《よろこ》んでもらえている。

中央のテーブルに、文芸部員五人が集まった。先生は来ないのだろうか。

「先生は？」

「関口《せきぐち》先生は気ままなんだ。気分次第。あ、でもビブリオバトルのときは来るって、先週言ってた。何か相談したいことがあれば、理科準備室《じゅんびしつ》に行けばいい」

わたしの疑問《ぎもん》に答えてくれたのは、部長ではなく、三年女子だった。

「あの……」

先輩ですよね。文芸部員ですよね。三年生ですよね。という視線《しせん》を送る。

「そうか。もう一度自己紹介《じこしょうかい》しないとな」

その視線の間にいた、部長が口を開いた。

自分が部長であることや、「一応《いちおう》小説を書いている」ことなどを言い、次に三年女子。

「三年一組。合田菜々子《ごうだななこ》です。……合田菜々子」

なぜか、もう一度名前を言う。

「五・七・五。わかる？　合田は、五。菜々は七、子がまた五。五・七・五なの。五・七・五って俳句《はいく》でしょ。俳句やってる祖父《そふ》につけられた名前。それをずっと気づかずにいて、去年高《たか》見《み》君に指摘《してき》されたの。それで……、たまたまケガをしてそれまでやってたテニス部をやめてたし、文芸部に入ったってわけ。

でも俳句は作ってません。わたしは、短歌の方が性《しょう》に合ってるなと思ってます。以上」

すると、部長が補足《ほそく》した。

「イリーナのおじいさんは、うちのばあちゃんの先生でもあったんだ」

ん？

一瞬《いっしゅん》頭がこんぐらがった。

イリーナ？

脳内《のうない》の引き出しをあちこち開けてみる。

そういえば、仮入部《かりにゅうぶ》の日、通院のため休んでいる部員の話題が出ていた。その人のことをイリーナと呼《よ》んでいた。

「え、イリーナって?」

「合田《ごうだ》のこと」

ああ、さっき力説してたニックネームね。「髪《かみ》パッチン」みたいにね。

「わたしは、二年の二学期に入部したんだけどね。そのきっかけになったのが、祖父《そふ》と俳句《はいく》の話をしたことなの。あー、話せば長くなるから、ごめん。イリーナっていうのは、ウクライナの女性《じょせい》にある名前なんだ」

長い話を縮《ちぢ》めたせいだろうか、さっぱり意味がわからない。とにかく、この人がイリーナなのだった。ウクライナは、ロシアの攻撃《こうげき》を受けて今大変な国だ。イリーナ先輩《せんぱい》は、知り合いでもいるのだろうか。

続いての自己紹介《じこしょうかい》は、音成《おとなり》君。先週同様の熱いアニメ愛を語る。すると、高見《たかみ》部長が言った。

「ほんとにアニメオタクなんだな。よし、音成は『監督《かんとく》』だ」

「おお。嬉《うれ》しいっす」

監督というニックネームになったらしい。

そして、わたしの番だ。わたしにニックネームがつかないのは特徴がないからか? と、そっと少し傷《きず》つきながら、立ちあがった。

「一年の山崎栞奈《やまざきかんな》です。流れでたどりついた文芸部ですが、あんがいここの雰囲気《ふんいき》は落ち着くなと思っています。でも……」

みんながわたしに集中している。こういうのは苦手だ。

「文芸部で何をするかは、まだ決まってません。何か創作《そうさく》をしなきゃならないんですよね。それがちょっと……できるかなと不安です」

正直な気持ちを言った。

「まあ、文芸部、そういうとこあるよねえ。わたしが一年でテニス部に入ったときは、まずは素振《すぶ》り。それか球拾い。って、わかりやすかったもの。運動部はだいたいそうでしょ。なんでもいい。好きなことを！　と言われてすぐ動ける人は少ないと思う。うんうん」

イリーナ先輩《せんぱい》がそう言ってくれて、嬉《うれ》しい。共感されるって、嬉しいことなんだ。

「えっとー。わたし、野平愛衣《のひらあい》は、小説が書きたいです」

わっ、いきなり小説だって。パワフルな雰囲気《ふんいき》で、やる気満々。わたしとは正反対だ。

「というのもー」

語尾《ごび》を伸《の》ばすのは、いただけないけど……。

「皆《みな》さん、ＨＩＰってグループ知ってますか？　はいっ、今人気沸騰中《ふっとうちゅう》のアイドルグループです。そのメンバーの一人、日村健《ひむらけん》君が、なんと小説を書いていて、それが文芸誌《ぶんげいし》の新人賞《しんじんしょう》を受賞《じゅしょう》。数日前のネットニュースで明らかになりました。それでわたしは、急きょ吹奏楽部《すいそうがくぶ》を一週間で退部《たいぶ》し、こちらで小説修行《しゅぎょう》をすることにしたんです」

拳《こぶし》を胸《むね》の前で握《にぎ》り、小首を傾《かし》げる。

「わたしが書いた小説がいつか、健《けん》君にも読んでもらえるように、がんばりますっ！」

メンバー全員がぽかんと野平《のひら》さんの自己紹介《じこしょうかい》を聞き、その姿《すがた》を見ていた。そして、
パチパチパチ。

一斉《いっせい》に拍手《はくしゅ》がおきた。

「推《お》しへの愛ってことね。これは強力だわ」

「うん、がんばれ、髪《かみ》パッチン！　応援《おうえん》する。そして、野平さんが小説家になったら、おれが推す」

「そして、ぼくがアニメ化します」

「いいねえ」

一気に応援されている。すごいパワーだ。

その後野平さんは、文芸部は一か月に一度ビブリオバトルをやること、あとは何を創作してもいいし、本を読んでもいいと、高見《たかみ》部長に教えられていた。

「自分の作品を読んでもらいたいときは、どうするんですか？　それがないと、文芸部に入っ

た意味がないので」

音成《おとなり》君は、イリーナ先輩《せんぱい》にきいている。

「いつでもいいよ。まあ、一番的確《てきかく》な感想は高見《たかみ》だろうけど、一般人《いっぱんじん》の感想も大事でしょ。まずは、おもしろいかどうか」

「そうなんです。自分で書いてたら、めっちゃおもしろいんだけど。他の人はどうかなって……」

「うんうん。読みたいよ」

わたしは相変わらずだ。読んでもらいたいものどころか、ききたいことすらない。それで言った。

「あの、次のビブリオバトルで発表する本を探《さが》すとかでもいいですか」

「もちろん」

今はまだ、創作はムリ。

ここで小説を書きなさいと言われても無理だけど、俳句《はいく》を作りなさいといわれたら、きっと渋々《しぶしぶ》作ると思う。

それは、この前高見部長のおばあさん、すずめさんの俳句を聞いていたからだった。

今も窓《まど》の外には、雲が浮《う》かんでいる。

――ため息の形なりけり春の雲

脳内《のうない》の俳句《はいく》引き出しから、しょっちゅう出てくるのが、このすずめさんの俳句だ。

俳句かあ。

俳句の本、あるかな。

そう思いながら、わたしは図書室の本棚《ほんだな》の前をうろついた。

そして、『すっきり！　俳句』という本を借りた。もしおもしろかったらこれをビブリオバトルで発表すればいい。

このまえ、『星の王子さま』を発表してチャンプ本になったけど、あれはたまたまだ。できれば、みんなに、へえ、その本知らなかった。読んでみたいと思ってもらいたい。だから、あまり有名じゃないけどおもしろい本をねらいたい。

おもしろいかどうかは、読んでみないとわからないし。

そのとき「ビブリオバトル」の文字が目に飛びこんできた。

『ビブリオバトルの楽しみ方』

そうよ。まずは、ビブリオバトルのことを、ちゃんと知らないと。即《そく》、借りることにする。

次に小説のコーナーに回ってみた。

『フレンズ・時を越《こ》えて』という本に目が引《ひ》き寄《よ》せられた。シリーズ本らしくて、サブタイトルの違《ちが》う三冊《さつ》が横に並《なら》んでいる。三巻《かん》のシリーズ本だ。

時を越える……、タイムスリップだろうか。

一巻の背表紙《せびょうし》の上に指をかけ、引《ひ》き抜《ぬ》く。表紙には大きな木が一本描《か》かれていた。人はいない。その木に惹《ひ》きつけられた。一度に借りられるのは三冊までだから、きょうは俳句《はいく》本、ビブリオバトル本、それに『フレンズ・時を越えて』一巻を借りることにした。

七　誰《だれ》なの？

その場で開いたのは、『フレンズ・時を越《こ》えて』だった。

すぐに目に飛びこんできたのは、真正面を向いている少年と少女のイラスト。少年は坊主《ぼうず》頭《あたま》にランニングシャツという姿《すがた》。少女はわたしが着ているのに近い制服姿《せいふくすがた》だ。

時を越える話だから、この男の子は過去《かこ》の少年なのかもしれない。そこまでは推理《すいり》できた。

第一章は、現代《げんだい》。学校にも家にも居場所《いばしょ》のない少女のモノローグで始まる。

小学校の図書室にあった本より、ずっと文字が小さいし多いけど、内容《ないよう》は読みやすい。

第二章は、双子《ふたご》の少年達《しょうねんたち》が野山を駆《か》けめぐるシーンから始まった。やんちゃな弟が「わーっ」と叫《さけ》ぶ。家には力強い父、優《やさ》しい母がいて、兄は優秀《ゆうしゅう》。貧《まず》しいけれと、明るい家庭の様子が綴《つづ》られている。時代はいつ？　江戸《えど》時代とかではないことは明らかだけど、はっきり書いてはいない。昭和時代のどこか？　かな。

第三章は、また現代の少女。どうやら一章ごとに、現代の少女と過去の少年の物語になっているようだ。この二人がどこかで出会うことがあるのだろうか。

面白《おもしろ》い。

部活終了《しゅうりょう》後《ご》、帰ってから自分の部屋で五章まで読み、気づいたら、もう七時半。しまった。きょうは豚肉《ぶたにく》の生姜《しょうが》焼《や》きにしようと思って、きのう買い物をしていた。あわててキッチンで作っていたら、ママが帰ってきた。

「うーん、いい匂《にお》い！」

「ごめん。もう少し待ってて」

「いいよー。先にシャワー浴《あ》びるね」

ママは気ままだな。

生姜焼きも、「おいしい、おいしい」と食べてくれた。


土曜日に読み終えた『フレンズ・時を越《こ》えて』がおもしろかったので、週明けにはもう一度図書室へ行き、シリーズの続きを借りようとした。

借りられるのは三冊《さつ》までなので、まだ読んでいない『すっきり！　俳句《はいく》』と『ビブリオバトルの楽しみ方』もいっしょに返却《へんきゃく》しちゃう。ところが……。

マジ？

先週、ずらりと三冊《さつ》あったところが、ぽっかりと穴《あな》があいたようになっている。だ、誰《だれ》!?

誰が借りてったの?

呆然《ぼうぜん》。

『フレンズ・時を越《こ》えて』シリーズ二巻《かん》と三巻はどちらも誰かに借りられていた。他の本を借りたいという気持ちにならず、そのまま帰る。

翌日も、図書室のその棚《たな》にはわたしが返した一巻しかなかった。誰なの? 早く返してよ。

「あの」

カウンターにいる図書委員のところへ行き、ダメもとで声をかけた。きょうの図書委員は男子生徒だった。足元はカウンターに隠《かく》れていて見えず、何年生かはわからない。でも一年生っぽくはない。

「今貸《か》し出し中の本、誰が借りてるのか教えてもらえますか?」

「できません」

うわっ、そっけない。

「規則《きそく》なんです」

「わかりました」

素直《すなお》に引き下がる。だって、たとえばわたしが、どんな本を借りているのかを他の人が自由に知ることができるとしたら……。それは嫌《いや》だ。「へえ、あいつ、あんな本を読んでるんだ」と思われるのは、心の中を覗《のぞ》かれるのと同じだもの。

「あ、待って」

そのまま帰ろうとしたら、司書の先生に引き止められた。

「予約できますよ」

そう言いながら、「ね」と図書委員を見る。

「え？」

「予約しておけば、貸《か》し出し中の本が返却《へんきゃく》されても棚《たな》にもどさないで、ここで取り置きしておけるの」

「そうなんですか？」

「このシステム、意外と知られてないんだなあ。もっとアピールしないと」

そう言いながら、図書委員が予約申込《もうしこみ》用紙を差し出してきた。

「親切なんですね」

「いや、図書委員だから」

親切だと思ったのは、システムのことなんだけど……。くすっと笑いたくなるのをこらえ、

「ありがとうございます」とお礼をいった。

もちろん、「予約申込書《もうしこみしょ》」に名前を書く。図書委員はさらに親切に教えてくれた。

「今その本を借りてる人が二週間の期限《きげん》ずっと借りてたら、君も二週間は借りられない。もし、すごく読みたいなら市立図書館をさがしてみたら？　ネット検索《けんさく》だってできるし、あっちも当然予約もできる」

ぶっきらぼうな人かと思ったら、やさしい。

「わたし、これまで図書館、利用したことなかったから」

市立図書館って、どこにあるんだったかな。

実はそこから調べなくてはならなかった。

家にもどって、スマホで検索してみたら、結構《けっこう》遠い。蔵書《ぞうしょ》検索はできて、在庫《ざいこ》もあったけれど、貸《か》し出しカードも持ってないし（すぐにできるんだろうけど……）。

ああ、『フレンズ・時を越《こ》えて』シリーズを借りるつもりで返してしまった二冊、また借りてくればよかった。

結局、次のビブリオバトルでは何を紹介《しょうかい》したらいいのか、決まらない。

夕食の片《かた》づけを終え、わたしは部屋で、別の本を開いた。

八　真面目？

次の部活日になった。

「栞奈《かんな》ちゃーん」

図書室の入り口まで来たとき、後ろから大声で呼《よ》ばれた。振《ふ》り向《む》くと、髪《かみ》パッチンこと、野《の》平愛衣《ひらあい》が階段《かいだん》を上りきって、こっちに走ってくる。

「ねえねえ。小説書いたの。読んでくれる？」

そう言いながら、ポケットから薄紫色《うすむらさきいろ》の髪留《かみど》めを出してつけた。

「もう書いたの？　早いね」

やる気満々だなあ。

「時間は待ってくれないんだよ！」

「え……」

軽いショックで立ち止まったわたしを置いて、髪パッチンは、さっさとドアを開け入っていく。

「イリーナせんぱーい！」

カウンターにいる図書委員が眉《まゆ》をひそめ、こっちを見ているが、髪《かみ》パッチンは平気だ。

「小説書いたんですよ！　読んでください」

さっきはわたしに言ってたくせに、先にイリーナ先輩《せんぱい》に差し出している。別にいいけど。

わたしは、棚《たな》に『フレンズ・時を越《こ》えて』が返却《へんきゃく》されていないか、見に行った。

返却されたら棚にはもどさず、わたしに連絡《れんらく》がくるはずだし、連絡はないから、まだ返却されてないのだ。わかっているのに、確《たし》かめる。ない。

しかも、わたしが返却した一巻《かん》もなくなっていた。もしかしたら、二、三巻を借りた人が借りてった？　ふつうは一巻から順に読むはずだけど、そうじゃない人がいたって、おかしくない。

そうだ。この前借りたけど、読まないで返した本にしよう。『すっきり！　俳句《はいく》』は、しっかりと棚にあった。

棚の上一段《だん》は表紙を見せて並《なら》んでいる中で、こうして背表紙《せびょうし》だけしか見えない本は、不利だ。よほど前知識がないと、読んでみたいと思わなそうだ。

よし。その本をすっと抜《ぬ》き出した。

本を手にしてテーブルにもどると、そこではイリーナ先輩《せんぱい》が真剣《しんけん》に髪《かみ》パッチンの原稿《げんこう》を読み、そのイリーナ先輩を髪パッチンが見つめている。

少し離《はな》れて座《すわ》ったとき、ちょうど四時だった。イリーナ先輩が、いったん原稿から目を離す。

「じゃあ、文芸部開始ね。まあ、もう始まってるけど。部長はきょう、家庭の事情《じじょう》で欠席です。監督《かんとく》は連絡《れんらく》がないから、遅刻《ちこく》かな。各自、自分の活動をしてください」

家庭の事情と聞くと、すずめさんに何かあったのかな？　と思っちゃう。でもそれ以上のことはきけず、本を開いた。

――俳句《はいく》は、簡単《かんたん》。かっこつけずに、身近なところで作る。リズムが大事。季語を知ろう。などなど。項目《こうもく》ごとに、俳句の具体例や添削例《てんさくれい》が出されている。

読み始めたときは、イリーナ先輩と髪パッチンの姿《すがた》が目の端《はし》にちらついていた。でも読み進めているうちに、その姿は見えなくなっていた。

うーん。章タイトルだけだとわかりやすそうだけど、内容《ないよう》はかなり高度。難《むずか》しい。

二章まで読み、いったん顔を上げた。

っと！

イリーナ先輩と目が合った。にっと笑いかけてくる。

「ありがと」

は？　お礼言われるようなこと、してないはずだけど。

先輩《せんぱい》は、もう髪《かみ》パッチンの原稿《げんこう》を読み終えたみたい。今は、遅《おく》れて来ていた監督《かんとく》が読んでいる。

「あの、何が『ありがと』なんでしょうか」

「その本、祖父《そふ》のなんだ」

「え？」

あわてて、表紙の作者名を確認《かくにん》。

合田大安《ごうだたいあん》。大安？　ああ、俳号《はいごう》ってやつだ。

「本名じゃないの。俳号」

「はい（知ってます）」

「ちょっと難《むずか》しいかも」

「はあ」

イリーナ先輩のおじいさんが書いたと聞いて、わかりにくいとは言えない。

「ちょっと待って」

先輩は立ちあがり、棚《たな》の奥《おく》へ消えていった。そして、大型《おおがた》の本を抱《かか》えてもどってくる。

「これ、わかりやすいよ」

『わくわく子どもも俳句《はいく》スクール①　俳句をつくろう』という本だった。わっ、全ページカラーで、四コマ漫画《まんが》もあったりする。

「子ども向けの入門書なんだけど、内容《ないよう》はかなりしっかりしてる」

ふうん。初心者には、ちょうどいいってわけか。なるほど、例として、小学生の俳句も載《の》っている。

――新しいダウンジャケットぎゅっとする
思わず、指を折って文字数を数えた。

新しいは、五。ダウンジャケットは……八。ぎゅっとするは、六じゃない？

「これ、五・七・五じゃなく、五・八・六ですよね」

その俳句を指さして、イリーナ先輩《せんぱい》の顔を見た。

「ふふ。栞奈《かんな》ちゃん、真面目だよね」

ん？　ちょっとむかつく。

「その本の真ん中あたりに、『俳句のルール』があるはず。音の数え方のいろいろってとこ」

言われて、ぱらぱらと探《さが》してみた。

その①にあった。ちゃ、ちゅ、ちょなどの小さい「ゆ」や「よ」は、よう音といって、「ちゃ」「ちゅ」「ちょ」で一音《おん》に数える。ふうん。

ぎゅっとするは、「ぎゅ」で一音《おん》というわけだ。同じ詰《つ》まるような音でも「ぎゅっと」の小さい「つ」は一音。つまりこの俳句は、五・七・五なのだった。

五・七・五って、文字数と思ってたけど、音数なんだ。

「めんどくさいです」

「そんなことないよ。一応《いちおう》の決まり。五・七・五をはみ出してもいい」

「一応の？」

「うん」

一応の決まりだから、破っていい？

髪《かみ》パッチンの髪留めみたいに？

「ん？　どうかした？」

イリーナ先輩《せんぱい》が、顔をのぞきこんできた。

「俳句は、お年寄《としよ》りがするものだと思ってました」

ちょっとこまって、話をそらす。

「だよね。でも楽に入っていけるから、文章修行《しゅぎょう》、つまりトレーニングにはいい。なんてことを言うと、祖父《そふ》におこられるかもだけど」

トレーニングの道具にするなってことかな。

さっき、真面目って言われたけど。真面目な話は苦手だ。もう逃《に》げたくなってきていた。

でもそのとき、

「はあー」

監督《かんとく》の大声が図書室に響《ひび》いた。そしてイリーナ先輩《せんぱい》に叱《しか》られた。

「こら、監督。図書室には文芸部員以外もいるんだから、大声出さない」

「すみませーん」

「で、どうしたの」

「いや、髪《かみ》パッチンの小説がさあ」

「ああ〜、なるほどね」

イリーナ先輩と監督がわかり合っている。

二人が読み終えた原稿《げんこう》がテーブルの上にある。

表紙にはでかでかと手書きのタイトル文字。

『妖精《ようせい》パメラの恋《こい》　野平《のひら》あい』

名前は、平仮名《ひらがな》の「あい」にしたらしい。一枚《まい》めくってみたら、中も、原稿用紙に手書きされたものだった。

「感想、聞かせてください」

髪《かみ》パッチンが、ぶぜんとした顔で二人に詰《つ》め寄《よ》る。

「ん、じゃあ、ぼくから。

妖精《ようせい》が人間社会のアイドルに恋《こい》をする。そして、人間になりたいと願う。これ、まんま『人《にん》魚姫《ぎょひめ》』でしょ」

「じゃありません。人魚じゃなくて妖精だし、王子じゃなくてアイドルですから」

髪パッチンが反論《はんろん》する。

「まあまあ。骨格《こっかく》を名作からいただくのは、大いにありだって、高見《たかみ》が言ってたよ。だから、それはいいんだと思う。

妖精パメラも、きっと絵にしたら、かわいい。ただ……」

イリーナ先輩《せんぱい》は、いきなりダメ出しはせず、まずはいいところを拾っていた。

「妖精という既存《きそん》のイメージに頼《たよ》ってるから、文章に姿形《すがたかたち》の描写《びょうしゃ》がない。なんとなく、想像はできるんだけどね。それにパメラが結局、くるるる〜んって、スティックを回して変身するのが安易《あんい》」

これを聞いただけでどんな物語か、もうわかる。

「え、でもパメラはちゃんと修行《しゅぎょう》しますよ。苦労してます」

「ん〜。でもなあ」

「妖精《ようせい》っていうと、『ピーター・パン』のティンカー・ベルを思い浮《う》かべます」

わたしはつぶやいた。思い浮《う》かべたのは、小さい頃《ころ》に買ってもらった絵本の挿絵《さしえ》だ。イリーナ先輩《せんぱい》が「それそれ」とうなずく。そのとき、はっと気づいた。

髪《かみ》パッチンが、目に涙《なみだ》を浮《う》かべているのだ。

「帰ります」

そして、帰っていった。

「初めて書いた作品だな、あれ」

「うん。それをダメ出しされたって、感じちゃったんだな」

監督《かんとく》とイリーナ先輩が、ため息まじりに言う。ううっ、腹《はら》が立ってきた。

「二人とも、ひどいです。髪パッチンが、かわいそう」

わたしは、手にしていた『妖精パメラの恋《こい》』を自分のリュックに入れると、彼女《かのじょ》を追いかけた。

九　どこへ行きたい？

昇降口《しょうこうぐち》にも校庭にも、髪《かみ》パッチンの姿《すがた》はなかった。でも実は少しほっとした。だって、髪パッチンがいたら、わたしは何を言うつもりだったの？

というより、わたしは何をしたいんだろう。次のビブリオバトルのために本を探《さが》してたり、なりゆきで俳句《はいく》の本を読んだりしてるわたしより、ちゃんと一つ小説を書き上げた髪パッチンのほうがずっとえらい。

しまった。『わくわく子ども俳句スクール』をテーブルに置いたまま出てきてしまった。引き返して借りてこようか。迷《まよ》ったけど、やめた。だらしない一年と思われそうだけど、今はあの空間にもどりたくなかった。

だったら、どこへ行きたい？

行きたいところ、ないなあ。かといって、昇降口で突《つ》っ立ってるわけにもいかない。

グラウンドでは野球部がノックをし、陸上競技部がランニングをしている。

そのままとぼとぼと、校門を出た。

——**校門を出ても青空は動かない**

なんて俳句《はいく》もどきを考えた。でもこれは俳句じゃない。五・七・五じゃなく、ええ〜っと五・八・五だもの。それに季語がないもの。

ふふ。なんだかおかしい。

さっき、ちょっと俳句の本を読んだだけなのに、少しわかりかけている。

——**校門を出ても青空動かない**

だと、五・七・五だけど、季語はないし。

「春の空」にしたらいいのか。

——**校門を出て春の空動かない**

どこがどう違《ちが》うのかはわからないけど、なんか違う気がする。空が動かないなんて、あたりまえ？　いや、風が吹《ふ》けば雲は動く……、動くのは雲であって、空ではないか。そもそも空って、何？　頭上にある空気の層《そう》？

じゃあ、わたしを取《と》り囲《かこ》んでいる空気は？　これは空じゃない。あの家の上にあるのは？すぐ上は空じゃない。じゃあ、一メートル上は？　まだ空じゃない気がする。

飛行機が飛ぶのは空。

ロケットが飛ぶのは、宇宙《うちゅう》であって、空じゃない？

そんなことを考えていたら、

――校門の外は宇宙

というフレーズが浮《う》かんできた。

五・七・五からはほど遠くなったたし、また季語なしにもどったけど、こっちのほうが好きだ。

一気に、学校だけがぽつんと宇宙に浮かんでいる絵がイメージできる。

振《ふ》りかえっても、もう校門は見えないけど、校舎《こうしゃ》の三階だけが少し見える。あそこは、ここ とは違《ちが》う世界だ。

空を横切る電線は、電気を家や学校に運んでいる。あの中を電気が流れている。

なんて、余計《よけい》なことも思ってしまった。

電線のイメージは、削除《さくじょ》する。

イメージは便利だ。

現実《げんじつ》のものは、こんな風に消すことはできないけど、イメージは消せる。なるほど、こうやって俳句《はいく》や小説は作っていくものなのかも。

そこから少し歩いて、ぐるぐる公園に入った。

すずめさんや部長との出会いを思い出しながら、ベンチに座《すわ》る。そして、『妖精《ようせい》パメラの恋《こい》』を読んだ。

丸っこい文字が飛《と》び跳《は》ねているみたいだ。
・・・・・・・・・・・・・・

パメラは、元気いっぱい。妖精《ようせい》の女の子。

歌とダンスが大好きです。

「声が大きい」「ちょこまかしすぎる」「少しじっとしてて」

パパやママ、お姉ちゃん達《たち》にはいつも言われています。

声が小さかったり、じっとしてたりしたら、自分が自分じゃなくなりそう。


これ、髪《かみ》パッチンそのものじゃん。
・・・・・・・・・・

一晩《ひとばん》降《ふ》り続《つづ》いていた雨がやみ、妖精達は、花や葉にたまった雨をかわいいバケツにあつめていました。

妖精はこの水で生きているのです。

でもパメラはそんな家族の元をそっと抜《ぬ》けだし、人間達の町へ飛んでいきました。

歌とダンスが好きなパメラは、ある日、人間の男の子に恋をしたのです。

その子は、いつも公園で踊《おど》っています。

ときどき歌も歌います。

パメラは、そのそばで、いっしょにダンスをするのです。

「きょうは、体が軽い。空を飛んでいけそうだ」

最初にいっしょに踊ったとき、その子が言いました。きっとパメラがいっしょだったからです。


へえ。

わたしは、その物語に引《ひ》き込《こ》まれていった。

パメラが応援《おうえん》していた男の子は、やがてタレント事務所のオーディションに合格《ごうかく》。アイドルになる。

でも、アイドルの世界は厳《きび》しい。

ときに、くじけそうになるその子のまわりで、パメラは踊った。するとその子は元気を取りもどすのだった。

たくさんいるファンの子と自分は違《ちが》う。

そう思うパメラだが、その子の目にパメラは映《うつ》らない。それが悲しい。そして、パメラは人間になり、アイドルとして、その子の前に現《あらわ》れる。

あれれ。

そして人間になったパメラと、男の子がいっしょにダンスをするシーンで終わる。髪《かみ》パッチンの願望がだだ漏《も》れのラストだ。パメラは、家族を捨《す》てたのだろうか。そこがよくわからず、なんか、もやもやしてしまう。

でもわたしは、イリーナ先輩《せんぱい》や監督《かんとく》のように、この物語にダメ出しはできない。髪パッチンの思いがぎっしり詰《つ》まっているこの原稿《げんこう》を、ダメだなんて言えない。

自分を主人公にして、こんな生き生きとした物語を書けるなんて、うらやましい。わたしはどう考えても、主人公にはなれないもの。アニメや漫画《まんが》でいったら、〝モブ〟、モブキャラクターだ。名無しの群衆《ぐんしゅう》、その他大勢《おおぜい》、エキストラ。いくらでも代わりがいる存在《そんざい》。

ふらりと立ちあがり、ベーカリーたかみに行った。部長やすずめさんに会いたいと思ったわけではない。でもこの原稿への行き場のない思いを、どう処理《しょり》したらいいかわからず、気づいたらベーカリーたかみの前にいた。

ちらっと覗《のぞ》いて驚《おどろ》いた。

レジには、エプロンをした部長が立っていたのだ。お客さんはいない。

意を決して店内に足を踏《ふ》み入れた。

「いらっしゃいませ」

いつもよりテンションの高い部長の声が迎《むか》えてくれる。

「おっ、山崎《やまざき》さん」

文芸部はどうしたの？　もう終わったの？　とはきいてこない。それはちょっとほっとした。でも少し寂《さび》しい気持ちになる。

イリーナ先輩《せんぱい》。髪《かみ》パッチン。監督《かんとく》。文芸部のメンバーは、個性的《こせいてき》だ。それなのに、わたしは平凡《へいぼん》な「山崎さん」のままだ。

山崎さんという呼《よ》ばれ方は、一般的《いっぱんてき》には悪いことではないんだけどね。

「いらっしゃいませ」

お客さんが来たので、パンを眺《なが》めて歩いた。お金を持ってたら、明日の朝食用にパンを買うのに。あ、こっちのコロッケパンなら、夕飯にしてもいいのに。

おいしそうな匂《にお》いに、どんどんお腹《なか》が減《へ》ってくる。

「ありがとうございました」

こうして、よく店の手伝いをしてるのだろう。部長の対応《たいおう》はてきぱきとしていた。

十　まさか……？

「あの」

お客さんが店を出たタイミングで、おずおずと部長に申し出た。

「ん？」

ああ、この人はきっと誰《だれ》からも好かれるんだろうな。

かっこよくてもてるタイプではない。頭はいいみたいだけど、優等生《ゆうとうせい》タイプとも違《ちが》う。部員に「髪《かみ》パッチン」なんてちょっと古臭《ふるくさ》いニックネームをつけたりもするけど、言葉を大事にしている人だ。

「ん？」とわたしを見る目が優《やさ》しい。素直《すなお》にいろいろ話をしたくなる。

だからこそあの日、無理矢理っぽかったとはいえ、公園からここまで、すずめさんといっしょに来たんだ。文芸部に誘《さそ》われて行ってみたんだ。

あれ？

今、わたしの中に何かほわんとしたものがあるんですが……。まさか……？

待て待て！

ちょっと待って。わたし、今顔が赤くなってない？

「どうしたの？」

部長の声が頭の上から聞こえる。

うつむいてしまって、部長の顔を見ることができない。

しっかりしろ、わたし。

「あの」

待って。このほわんとしたものって、つまり……。

待て待て待て。リセットだ。

「今お金持ってないんで、明日必ず持ってきますから、パン買っちゃだめでしょうか」

ほんとはもう、パンのことなどどうでもよかった。でも、パンが食べたいアピールをするわたしを演《えん》じる。

部長は、「うんうん」とうなずいてくれた。

「ツケでいいよ」

「ツケ……って？」

また、古い言葉が出てきたよ。

「ツケ払《ばら》いってこと。その場ではお金を払《はら》わないで、数回分まとめて払う場合もある。店とお客さんとの信頼《しんらい》関係があってのやり方」

「つまり……、部長はわたしを信頼してくれてるってことですか？」

わあ……、「ほわん」がまた出てきてしまう。

「もちろん！」

「ありがとうございます！」

信頼してもらえて、嬉《うれ》しい。今はそれでいい。

コロッケパンやキッシュなど、夕飯になりそうなものを、わたしとママの分、それからレトルトのミネストローネを袋《ふくろ》に入れてもらった。

「これは、おまけ。よかったら、そこでつまんで」

しかも、小さめのチョコデニッシュと水をトレーに載《の》せて渡《わた》してくれる。そこというのは、この前すずめさん達《たち》と座《すわ》ってパンをいただいたイートインスペースだ。

「いただきます」

座ってから、やっぱりきこうと、口を開いた。

「あの、すずめさんは？」

「ん。実は、ばあちゃん、今朝腹痛《ふくつう》で苦しんで病院に行ったんだ。そのまま入院になってさ」

「ええ！」

「点滴《てんてき》してもらったら落ち着いたらしいから、大丈夫《だいじょうぶ》。あとはいろいろ検査《けんさ》するって。病院には父がついていったんだけど、母は朝焼き上がってたパンもあるから店は閉《し》められないだろ。それで、ぼくが学校から帰ってきて、バトンタッチしたんだ」

「そうだったんですか。さっき俳句《はいく》作ったので、すずめさんに読んでもらえたらと思ったんだけど」

そう言って、ああ、わたしはそう思ってたんだと気がついた。

さっきわたしは、五・七・五になっていて季語が入っている俳句と、季語のない短いフレーズを作った。すずめさんだったら、やっぱりちゃんと形になってる俳句のほうを「いい」と言ってくれるだろうか。それとも、どっちも「まだまだ」と言われるだろうか。

そう思いながら、チョコデニッシュを一口かじる。そのときだった。

「どんな俳句？」

誰《だれ》もいないと思っていた店の奥《おく》から、少しかすれた声がした。そしてすっと人が一人出てくる。

「結《ゆい》」

部長が振り向いて声をかけたその人……。

「え？」

前髪《まえがみ》が不ぞろいなその人は、いつも図書室の隅《すみ》で本を読んでいる二年生だった。

きょとんとしているわたしのところに、つかつかと来て、向かいの椅子《いす》に座《すわ》る。

「連《れん》。あたしにも、パンちょうだい」

「自分で持ってけよ」

連と呼《よ》び捨《す》てにされた部長は、文句《もんく》を言いながらも、チョコデニッシュと水を運んできた。

「こいつ、妹なんだ。高見結《たかみゆい》。二年。文芸部」

「えええええ〜〜〜!?」

のけぞって驚《おどろ》くわたしを、部長の妹だという高見結がじっと見てくる。

言葉が出ない。

「俳句《はいく》は？」

「あ、はい。えーっと」

混乱《こんらん》してる頭の中から、さっき考えた俳句を引きずり出す。

「**校門を出て春の空動かない**
っていうのと……」

「他にもあるの？」

「はい。あの俳句《はいく》とはいえないかもですが、
校門の外は宇宙《うちゅう》
というフレーズが気に入ってます」

そう言いながら、この人は高見結《たかみゆい》、文芸部、部長の妹という言葉が、脳内《のうない》で、泡《あわ》ぶくのように浮《う》かび上がる。

「校門の外は宇宙……か。

最初のも悪くないけど、『春の空動かない』がわかるようで、よくわからない。ね、連《れん》。すずめさんなら、後の方がいいって言いそうじゃない？」

「そうだな。ぼくもそっちが好き」

自然に兄妹《きょうだい》の会話をしている。

「あの、結さんも俳句作るんですか？」

結先輩《せんぱい》と言うべきか、それとも部長に何かニックネームをつけられてるか？　あ、でも「結」って呼《よ》んでたからニックネームはないか。すると結さんが答えてくれた。

「すずめさん、俳句やってるときはしっかりするからね。わたし達《たち》、三人でよく句会《くかい》をするの」

ベーカリー
たかみ

少し気持ちが落ち着いてきたら、かすれがちだけど、低めの声が心地《ここち》よい。

「いいですね」

「退院《たいいん》してきたら、山崎《やまざき》さんもいっしょに句会《くかい》しよう」

部長も加わり、三人の会話になった。

「句会……」

「名前を伏《ふ》せて、お互《たが》いの句を読み合うんだ」

「誰《だれ》が作った俳句《はいく》かわからないようにするってことですか?」

「そう。そこが句会のおもしろいところだ。やってみるとよくわかる」

ふうん。でも上手な俳句だったら、この俳句の作者はすずめさん、とか、わかりそうだけど。

ちょっと待って。

わたしには俳句の話より、もっと気になることがある。一つは、わたしの中に生まれたほわんとしたもの。でも、それは置いておく。もう一つは、しっかり今ききたい。

「部長。きょう、髪《かみ》パッチンが部活に原稿《げんこう》を持ってきたんです」

「へえ。彼女《かのじょ》が一番のりか」

「はい。がんばったと思います。でも、イリーナ先輩《せんぱい》も監督《かんとく》もダメ出しするから、髪パッチン、帰っちゃって。これが、その原稿なんですけど」

「それ、読ませて」

結《ゆい》さんが、わたしが出した原稿《げんこう》に手を伸《の》ばす。一瞬《いっしゅん》ためらったけど、文芸部員なんだし、部長もいるしと思い、渡《わた》した。

結さんは『妖精《ようせい》パメラの恋《こい》』を真剣《しんけん》に読み進めていく。

今までは図書室で本を読んでいる二年生という認識《にんしき》だけだったから、それ以上を気に留《と》めなかった。

まつ毛が長い。

部長と似《に》てる？　かな。それはよくわからない。

なんで毎週文芸部の活動日、図書室の隅《すみ》で本を読んでるんだろう。なんで、ビブリオバトルに参加しなかったんだろう。なんで先生も部長も、この人も文芸部員だと、新入部員のわたし達《たち》に紹介《しょうかい》しなかったんだろう。

なんで、なんでばかりが頭に浮《う》かぶ。

「なるほどね」

最後の一枚《まい》を読み終え、結さんがひと言、言った。

「なるほどって、どういうことですか？」

「自分を妖精に置きかえた物語ってことでしょ」

「はい。ダメでしょうか」

「いいと思うよ。自分を書くことは大事なの。ただね、そのとき、かっこつけて書いちゃダメ。自分の弱い部分、失敗したこと、かっこ悪いことを書かなきゃ」

「でも……」

「でも?」

「髪《かみ》パッチンは、がんばったと思います」

「はーん」

結《ゆい》さんが腕《うで》を組んだ。

はーん? なに、それ。

「がんばったね。よく書いたね。えらいねって、頭を撫《な》でてあげたらいいってこと?」

「そうは言ってません」

自分でも顔がひきつってくるのがわかった。何か言い返したい。でもできない。

十一　悪いの？

翌朝《よくあさ》。

わたしは登校後、すぐに隣《となり》の教室を覗《のぞ》いた。

教室の後ろに、女子が数人かたまっている。その中央で笑っているのが髪《かみ》パッチンだった。きょうの髪留《かみど》めは赤だ。しかも、二個《こ》。

入学式の日に注意されてからは、文芸部のとき以外、教室では黒い髪留めにしていたはずなのに……。そこに目が吸《す》い寄《よ》せられる。まわりに光を放ってるみたいだ。

きのうの部活で、自分の作品にダメ出しをされて、しょんぼり帰った子とはまるで別人だ。担任《たんにん》の先生に注意されるなんて、覚悟《かくご》の上なんだ。

この子のパワー……、すごい。

アイドルを推《お》すことは、恋《こい》と似《に》てる。でも少し違《ちが》う気もする。アイドルは、近くにいない。

手が届《とど》かない存在《そんざい》だと、本当は知ってるんじゃないかな。

恋《こい》？

ああ。これこそが、きのうからほわんとわたしの中に生まれたものだ……。これ、気づかずにいたかった。

近くにいる人への思いは、髪《かみ》パッチンのように、簡単《かんたん》に表に出したくない。人には知られたくない。何よりわたし自身が、認《みと》めていいのかどうか、迷《まよ》う。

わたしは、部長に恋してしまったの？

そんなことをもんもんと考えているわたしを、ドア付近にいた子がいぶかしげに見ていた。そのせいか、数人が、そしてついに髪パッチンもわたしに気づいた。

「あっれー？　あたし？」

自分の顔を指さしながら、こっちに来る。

「うん。ちょっといいかな」

「いいよー！　栞奈《かんな》ちゃん、いつから来てたの？　呼《よ》んでくれたらよかったのに」

あっけらかんと廊下《ろうか》に出てきた髪パッチンに、わたしは、

「ごめん」と手を合わせた。

「え？　何が？」

髪《かみ》パッチンは、きょとんとした顔でわたしを見上げる。

「あのね」

わたしは、きのう、髪パッチンが置いていった原稿《げんこう》『妖精《ようせい》パメラの恋《こい》』を持ち帰ったこと。公園で読んだ後、部長の家へ行ったこと。パン屋さんであるそこには部長の妹もいて、いつも部活の日には図書室の隅《すみ》で本を読んでいる二年生だったこと。実は文芸部員で、その人にも原稿を読んでもらったこと。

そしてその原稿は、今部長が持っていることを伝えた。

「いろんな人が読んでくれるのは、嬉《うれ》しいよ。それより……」

「あ、感想だよね。あのね」

わたしは、考えていた感想を伝えようとした。ところが髪パッチンは、「ねえねえ」とわたしをさえぎる。

「部長の妹？　文芸部員？　何、それ」

「あ、そっち？」

「そりゃ、そっちでしょ。どういうことなの？」

「うーん。そこ、よくわからないんだ。本人を目の前にして、きける雰囲気《ふんいき》じゃなかったというか」

あれ。髪《かみ》パッチンの目がきらきらしている。

きのう、あんなにダメ出しされて、落《お》ち込《こ》んでるんじゃないかと思ってたのに、逆《ぎゃく》に元気になってるみたいだ。不思議な子だなと思いながら見つめていたら、その目がはっと見開かれた。

「部長！」

わたしの後ろに目を向けて、呼《よ》びかける。驚《おどろ》いて振《ふ》り向《む》くと、部長がこっちに歩いてきていた。

「よお。二人揃《そろ》ってて、ラッキー」

わたし達《たち》のところに来たらしい。

わたしは自分の教室にダッシュし、リュックから封筒《ふうとう》を取り出してもどった。

「これ、きのうツケで買った分です」

ツケてもらった料金分は持ってきてたけど、きょうは部活日じゃないので、三年生の教室に行くのは勇気がいるなあと、思っていたのだ。

「ありがとう。またパン買いに来てよ」

「はい。すずめさんは、その後どうですか？」

「うん。病室で元気に俳句《はいく》作ってるみたいだ。アプリで送られてくる」

「それはいいですね」

「よかったら、君も登録して、俳句《はいく》送ってやって」

そう言われると、うなずかないわけにいかない。

そんなやりとりをだまって聞いていた髪《かみ》パッチンが、がまんできなくなったように、割《わ》り込《こ》んでくる。

「すずめさんって、部長の妹さんのことですか？　文芸部員の？」

「い、いや。すずめってのは、うちのばあちゃん。妹じゃないんだ」

ちょっと待ってというように手の平を髪パッチンに向け、彼女《かのじょ》の勢《いきお》いをとめる。

「今、ここでいろいろ話す時間ないからさ、二人とも、放課後理科室に来てくれないかな。監《かん》督《とく》にも声かけとくから」

図書室じゃなくて、理科室なんだ。

図書室だと、本を借りにくる人に話を聞かれることもある。部員以外には聞かれたくない話をするってことなんだな。

そんなふうに話しているわたし達《たち》を、ちらちらと見ては教室に入っていく子がいた。

そして、その後教室にもどったとき、その子に言われた。

「山崎《やまざき》さん、文芸部なの？」

「え？　そうだけど」

「真面目なんだね」

はあ？　たしかに、部長は真面目な人だ。わたしも、イリーナ先輩《せんぱい》に「真面目だね」と言われたし。だから、何？　悪いの？

「音成《おとなり》君もなの？」

「そうだけど」

「彼《かれ》は、文芸部ってタイプじゃない。でも、オタクなのかな」

なんだろう。この人は何を言いたいんだろう。

入学して数か月、クラスの子の名前と顔はもう覚えている。桜田亜実《さくらだあみ》というこの子は、いつも明るい雰囲気《ふんいき》で、女子の中心にいる。そういう子にとって、文芸部は暗いイメージなのかな。

「地味だよね」

わっ、地味か。暗いよりはいいかな？　そうでもないか。

「桜田さんは、何部なの？」

「テニス部」

イリーナ先輩がケガをしなければ、この子の先輩になってたんだ。

「文芸部、おもしろいよ」

悔《くや》しい気持ちを抑《おさ》え、わたしは言った。そして気づいた。

文芸部、おもしろい。

おもしろいんだよ。

真面目なイメージかもしれない。地味かもしれない。ううん、地味だよ。でも、それのどこが悪いの？　いいでしょ、別に。

そう言いたい。でも、むかついてるのを顔に出さないよう、こらえた。

「二学期には文芸部の冊子《さっし》を作るんだって。できたら、読んで」

「まあ、おもしろかったらね」

桜田《さくらだ》さんは、ぶっきらぼうにそう言うと、そっぽを向いた。

おもしろいかどうかは、読んでみないとわからないでしょ。


帰りの会が終わり、廊下《ろうか》に出たら、髪《かみ》パッチンが待っていてくれた。すぐに監督《かんとく》も出てくる。

「きょうは美術部《びじゅつぶ》があるんだけど、こっちの話が気になってさ」

監督の顔は「期待」という文字が浮《う》き出ているかのようだ。

入学してから、理科の授業《じゅぎょう》は教室でしかしてなくて、理科室に入るのは、初めてだった。

六人が座《すわ》ることができる机《つくえ》それぞれに、水道と洗面台《せんめんだい》のようなものがついていて、研究室っぽい。

ふと髪《かみ》パッチンの頭にまた目がいく。さっきの赤に、黄色と白の髪留《かみど》めが加わっている。この部屋の中だと、さらに目立つ。他にこういう色のものがないからだ。

「何？」

髪パッチンが、わたしの視線《しせん》をはね返す勢《いきお》いできいてきた。

「あのさ。カラフルな髪留めは、自分を励《はげ》ますアイテムと言ってたよね。励ましたかったの？」

「そりゃあ」

そりゃあ、きのうあれだけダメ出しをされたから……なんだろう。

「つけると元気になるの？」

「なるよ！」

断言《だんげん》された。きのうのことなんて、なんでもない！　という明るさだ。

きょうは一日、教室でもこの赤い髪留めをしていたんだ……。先生に注意されなかったかな。なんて、余計《よけい》な心配だ。髪パッチンは自分の意思で、きょうはこの赤を選んだんだ。それが必要だったんだ。

「栞奈《かんな》ちゃんもやってみる？」

「え？　いいよ。せっかく元気になってるんだから、そのままつけてて」

「ううん。他にもあるんだ」

髪《かみ》パッチンが、リュックから巾着袋《きんちゃくぶくろ》を取り出した。まさかこの中に？

ジャラジャラ。

と音が出たわけではない。でも、その袋からは、そんな音が出るかのように十個《こ》くらいの髪留《かみど》めが出てきたのだ。

今、彼女《かのじょ》がつけている一般的《いっぱんてき》な髪留めの色違《いろちが》いや、カラフルな花がついたもの。透明《とうめい》なプラスチック製《せい》の中に、ドット柄《がら》が入っているもの。リボン形のものなどなど。

「栞奈《かんな》ちゃん、いっそぱーっと派手《はで》にしてみたら？」

「え、わたしはショートだし」

「うん、ショートヘアが似合《にあ》ってる。でも、きっともっとかわいくなるよ」

「でも、校則《こうそく》が……」

「知ってる？　校則では、『肩《かた》に髪がかかる場合には、ゴム（黒・紺《こん》・茶の単色）でしばる』ってあるだけなんだよ。よくわからないもう一行があったけどね」

生徒手帳にある校則を思い出そうとした。……髪型《かみがた》を著《いちじる》しく変化させるのは不可《ふか》。だったかな。

「うん」という反応《はんのう》しかできない。

「今ここでだけやってみるなら、なんの問題もないよ」

え？　と思った瞬間《しゅんかん》に、髪《かみ》パッチンの手がわたしの頭の上にあった。

「やっぱ、一つじゃ物足りないね」

「いい、いい。一つで十分」

いや、そうじゃない。一つだっていらない。なのに、とりあえず一つはいいよと言ってしまったようなものだ。

今、どんな髪留《かみど》めをつけられたのか、見てなかったけど、この子のようにいくつもつけるのは勘弁《かんべん》してもらいたい。「派手にしてみたら」と言われたのに抵抗がある。

「見てみる？」

髪パッチンが袋《ふくろ》から手のひらサイズの鏡を取り出し、わたしの顔の前に掲《かか》げる。

え、葉っぱ？

さっき、こんなのがあっただろうか。それは、プラスチックの葉っぱだった。

「うん。似合《にあ》う！　葉っぱが頭についてるみたいだよ」

本当は、鏡を目の前に出されたとき、髪パッチンの手をふりほどきたかった。見る前に、はずしてしまおうかとも思った。でも見てみたら……、派手とは違《ちが》う。悪くない。

そのときドアが開き、部長が入ってきた。

「ごめん。待った？」

わたしは「いいえ」と首を横に振《ふ》り、髪《かみ》パッチンは「待ちました」と声を上げる。

部長がゆっくりわたし達《たち》のほうに近づいてきた。そして、わたしの頭に目をとめた。

「どうですか？　いいでしょ？」

髪パッチンは自慢《じまん》げな顔をするけど、わたしはうつむいてしまう。でもそうしたら、たぶんますます髪留《かみど》めが目立つだろう。

「しおり。うん、しおりだ」

「「は？」」

今度はわたしと髪パッチンだけではなく、監督《かんとく》も同時に声を上げた。

「髪パッチンと監督のニックネームは、すぐに決まったけど、実は山崎《やまざき》さんのがなかなか決められずにいたんだよー」

「それは、たぶん、わたしにこれといった特徴がないから」

卑屈《ひくつ》になるのはいやだけど、つい言ってしまう。すると、髪パッチンがすかさず、前のめりになってきた。

「そんなことないでしょ」

「うん。存在感《そんざいかん》あると思うよ」

部長までが、そんなことを……。

やだやだ。また「ほわん」が顔をのぞかせてくる。

「すごくしっかりしてるなと思ってた。詩的センスもあるしさ。栞奈《かんな》って名前だろ。『かん』の字は、『しおり』とも読む。それをこの葉っぱを見て思い出したんだ。

この葉っぱ、まるで本に挟《はさ》むしおりみたいじゃないか。それに、君自体が、文芸部のしおり的存在《そんざい》になってくれるんじゃないかって。まあ、これはこじつけかな。でもぼくの勘《かん》は当たるから」

「しおり」

わたしは、葉っぱの髪留《かみど》めに手を当てて、つぶやいた。

「ね、これ、つけていいの？」

「もっちろん」

髪《かみ》パッチンが、満面の笑顔《えがお》をくれる。

「しおり」というニックネーム、嬉《うれ》しかった。

ところが……。

「でもさ、『しおり』っていう名前の子、普通《ふつう》にいるよね。ニックネームっぽくないな」

髪《かみ》パッチンが部長にダメ出しをした。

「うーん。確《たし》かに。従姉《いとこ》に『詩を織《お》る』で『詩織《しおり》』がいる」

監督《かんとく》まで……。

「そっかあ。じゃあ、葉っぱだから『リーフ』は？」

葉っぱ……？　風に吹《ふ》き飛《と》ばされそう。

「リーフ。リーブス。リーブル……」

部長がノートに書き出し始めた。

「似《に》てるけど、どう違《ちが》うんですか？」

わたし達《たち》は小学校から英語を習ってきた。リーフが葉っぱ、リーブスは一枚《まい》ではない葉っぱのことだとも、わかる。犬が一匹《ぴき》ならドッグ。二匹以上ならｓがつく。それと同じだ。じゃあ、リーブルはなんなのだろうか。

「『リーブルって？』」

わたしと髪パッチンの声がそろった。

「君達、気が合うね」

いえ、そういうわけでは……。でも、ここで否定《ひてい》するのは、申《もう》し訳《わけ》ない。ところが、髪パッチンは、うなずいていた。

「はいっ」

「え？」

思わず、顔を見つめてしまった。

カラフルな髪留《かみど》めを光らせた、笑顔の髪パッチンがいた。

「リーブルは、フランス語で本なんだ。『自由な』という形容詞《けいようし》の意味もある」

部長がさらに説明してくれた。

リーブル……。いい響《ひび》きだ。

「かっこいいっすね」

最初に監督《かんとく》が賛成《さんせい》した。

「名詞《めいし》だと自由は『リベルテ』なんだけど、リーブルのほうが似合《にあ》ってる」

部長がなんでフランス語に詳《くわ》しいのかは、置いておこう。

「うん。いいと思う！　それにしよう」

髪パッチンも盛《も》り上がる。

「はい。お願いします」

神妙《しんみょう》にお辞儀《じぎ》をしたら、みんなが一斉《いっせい》に笑う。

ん？　いつのまに……？

気づくと、監督《かんとく》が髪《かみ》パッチンの持ってた袋《ふくろ》から一つもらっていたらしい。くるくるした髪にヒョウ柄《がら》の髪留《かみど》めが留《と》まっていた。

十二　選べる名前

ところで、きょう理科室に集められたのは……。

「さて」

部長が本題に入った。

茶封筒《ちゃぶうとう》から取り出したのは原稿《げんこう》。『妖精《ようせい》パメラの恋《こい》』だ。

「読ませてもらったよ」

「はい」

部長と髪《かみ》パッチンが、原稿を挟《はさ》んで向き合った。

「一年生最初の原稿だ。まず、そこに意義《いぎ》がある」

「え?」

髪パッチンが、目を見開いた。

早く出したら、えらいってことだろうか。

「ぼく達《たち》は中学生だ。作家じゃないし、みんなが作家志望《しぼう》なわけでもない。スタートラインに立ったばかりなんだ。

あれこれ考えるより、まずは飛び出すのは、大いにありだと思う。髪《かみ》パッチンは、それをやった。技術《ぎじゅつ》はこれから学んでいけばいい。書きたいことがある。これが大事。それがぼくの感想だ」

「ありがとうございます。でも、まだまだってことですよね」

「そりゃあ、当然だろ。これが、すぐ本になるような代物《しろもの》だったら、天才だよ。君だけじゃない。ぼく達の作品は原石なんだ。磨《みが》かなければ輝《かがや》かない。どこをどう磨いたらいいか、みんなで読んで考える。それが文芸部だ」

監督が、大きくうなずいた。

でもわたしは、自分がその石を提出《ていしゅつ》できるかどうかも、わからない。

「石って、磨けば光るとは限《かぎ》らないですよね」

素直《すなお》にうなずけばいい場面なのかもしれないけど、つい言ってしまった。

「ん？」

部長がけげんな顔を向けてくる。

「だって、そのあたりに落ちている石は、あくまでも石で、あれを磨《みが》けばダイヤモンドになるわけじゃない」

「あ～、たしかに。『妖精《ようせい》パメラの恋《こい》』を、イリーナ先輩《せんぱい》や監督《かんとく》に言われたことを直して、つまり書き直しても、名作になるわけじゃないってこと？　だよね」

髪《かみ》パッチンがあっけらかんと言う。それに対してうなずきそうになり、こらえた。

「さっき、天才って言葉を使ったけど、この世に天才がいるとしたら、あきらめずにやり続ける人なんだと思うよ。一つの石を磨いても光らないかもしれない。でも、その一つの石であきらめたら、そこで終わる。他の石を探《さが》す。つまり、他の作品を書くんだよ」

まだ一つも書いてないわたしには、きつい言葉だった。

わたしだけが、うつむいたままだ。でもそんなわたしに、部長が言った。

「リーブルは、髪パッチンに続いて二番手だった」

「え？　わたしまだ、何も書いてませんが」

「きのう、俳句《はいく》二句、作っただろ」

「あ、あれは……作ったというか、できたというか」

「ええ～、リーブルの俳句、知りたい！　教えて」

髪パッチンのテンションがまた上がった。部長がわたしに「どうぞ」という顔を向けている。

「あの……。

《校門を出て春の空動かない》と、**《校門の外は宇宙《うちゅう》》**っていうの」

「一句目《くめ》は、伝統的《でんとうてき》な俳句《はいく》。二句目は自由律《じゆうりつ》俳句だ。俳句は詩の一つだから、詩を作ったと言ってもいいよな」

「へえー。どっちも絵が浮《う》かぶ」

監督《かんとく》が言ってくれた。

「あの、どうぞダメ出しして下さい」

おそるおそる、申し出た。

「うーん。俳句ってよくわからないから、ダメ出しも難《むずか》しいな。でも、なんか、いいと思うよ」

「ホント？　こんなんでいいの？」

「こんなんでなんて言うなよ。でも、じゃあ、ぼくから。実はちょっと気になって、きのう調べたんだ」

「は？」

調べた……。そうか、フランス語も調べたんだ。部長はすぐに調べるタイプなんだ。

「何をですか？」

「宇宙《うちゅう》と空について」

　それ、わたしが気にしてたことだ。

「この俳句《はいく》、関口《せきぐち》先生に見せたら、絶対《ぜったい》そこ突《つ》っ込《こ》まれる。結構《けっこう》ややこしいんだけど、地球のまわりはいろんな層《そう》に分かれてて、地上から約一〇キロメートルまでを対流圏《たいりゅうけん》といって、空気がある。その外側は、成層圏、中間圏、熱圏。熱圏範囲になる高度１００キロメートルから外を、『宇宙』というらしい」

「はい」

　よくわかりませんが。

「曖昧《あいまい》な言葉遣《づか》いはダメってことですね」

「知った上で使うのはいい。雰囲気《ふんいき》に頼《たよ》るなってことだな」

　ダメ出しされたというほどでもないけど、むずい。

「さて、もう一つ、君達《きみたち》に伝えなきゃいけないことがある。妹のことだ」

　部長が次に話したのは、予想通り、結《ゆい》さんのことだった。まず最初に、髪《かみ》パッチンと監督に妹であり、文芸部員でもある結さんの存在を伝える。二人は神妙に耳を傾けていた。

　結さんは、小さい頃《ころ》から家では普通《ふつう》に話ができるのに、学校など外では黙《だま》ってしまう子だったという。

「場面緘黙《かんもく》っていうんだ」

話をする部長も聞いているわたし達《たち》も、真剣《しんけん》だった。

「声がかなりハスキーだろ。からかわれたことがあったらしい。小学校のときは、学校に行ったり休んだりを繰《く》り返してた」

小学校を卒業し、この中学に入学した結《ゆい》さんは、登校できる日が増《ふ》えたけど、保健室《ほけんしつ》で過《す》ごすことが多い。でも文芸部に入り、創作《そうさく》を開始。図書室の活動のときは、隅《すみ》でいつも本を読んでいるのだという。初対面の相手は特に苦手なので、わたし達が仮入部《かりにゅうぶ》した日はあえて自己《じこ》紹介《しょうかい》をさせなかったのだった。ビブリオバトルはしっかり聞いていたようだ。

それに、認知症《にんちしょう》のすずめさんが、俳句《はいく》の話をするときだけはしっかりするのと似《に》ていて、いっしょに俳句を作っていると、笑顔《えがお》が出るのだという。

きのうはわたしとも、普通《ふつう》に話をしていた。ううん、わたしよりよほど自信があるしゃべり方だった。

「年子《としご》だから、ぼくのほうが先に中学生になって、文芸部に入っただろ。最初に書いた小説なんか、ぼろくそに言われた」

そこで、髪《かみ》パッチンが「へへ」と笑う。

「結さんに、ニックネームはあるんですか?」

部長はきのうから「結《ゆい》」とか「妹」とかしか口にしていない。だからきっとないのかなと思った。でも、確認《かくにん》したかった。

「うちは、祖母《そぼ》がすずめっていう俳号《はいごう》を使ってるだろ。結は、俳句《はいく》のときは『うずら』って言ってるんだ。だから、それ以外にまた名前があるとややこしいから、つけてない」

うずらと言われると、小さな卵《たまご》を思い出すけど、鳥はどんなんだっけ？

「どんな鳥かわからないけど、かわいいですね」

「案外ずんぐりむっくりした鳥なんだけどね」

後で画像《がぞう》を探《さが》してみよう。

あれ、ということは、部長は？

「ぼくは、からす。家での句会のときだけだけど」

やっぱり。

「俳号も、ニックネームに近いですね」

「まあ。名前は生まれて最初にもらうプレゼントだけど、自分じゃあ決められない。別の名前を持てるのって、悪くないと思うんだ。俳優《はいゆう》の芸名、小説家のペンネーム、インターネット上のハンドルネームもしかり」

「でもニックネームは、自分ではあまりつけない」

「だから問題視《もんだいし》もされる。いやな名前で呼《よ》ばれて、学校に来なくなるところまる。だから、ぼくにつけられた名前がいやだったら、いやと言えるのが文芸部」

「なるほどー」

監督《かんとく》が、声を上げた。

「はは。今決めた」

そのとき、思った。

「結《ゆい》さん、『寡黙《かもく》なる旅人』って感じですね。あ、これじゃあニックネームにはならないか」

すると、監督が思いがけないことを教えてくれた。

「うん。二つ名《な》だな」

「二つ名?」

「RPGでよく使われるんだ。かっこいい紹介《しょうかい》になる。戦国武将《ぶしょう》の織田信長《おだのぶなが》は『乱世《らんせ》の魔王《まおう》』、上杉謙信《うえすぎけんしん》は『越後《えちご》の龍《りゅう》』」

「キャッチコピー的ですね! 日村健《ひむらけん》なら、『耀《かがや》きのプリンス』かな」

ぱっと出るところはさすがだけど、誰《だれ》も「いいね」とは言わない。

その後、わたし達《たち》は文芸部メンバーの二つ名を考えた。

部長は、図書室の執事《しつじ》。

イリーナ先輩《せんぱい》は、平和の探求者《たんきゅうしゃ》。これは、部長が言った。平和の探求者? へえ、イリーナというニックネームと関係あるのかな。

監督《かんとく》は、燃《も》えるアニメ王。

髪《かみ》パッチンは、はじけるおもちゃ箱。

そしてわたしは、漂着《ひょうちゃく》の女神《めがみ》（ニックネームの「リーブル」から「自由の女神」を連想されたってわけ）。

楽しかった。

小説や詩はまだ作ってないけど、二つ名《な》を考えるのだって創作《そうさく》なんじゃない？

十三　失恋《しつれん》

そういえば、イリーナ先輩《せんぱい》がなぜ「イリーナ」なのか、よくわかっていない。

自己紹介《じこしょうかい》では、入部のきっかけになったのが、おじいさんと俳句《はいく》の話をしたことだと言っていた。そして、「話せば長いんだけど」とじらされた部分が気になった。知りたくなった。

わたしは、その夜、イリーナ先輩にラインでメッセージを送った。

――きょう、部長や髪《かみ》パッチン達《たち》と、文芸部のみんなの二つ名《な》を考えました！

イリーナ先輩は「平和の探求者《たんきゅうしゃ》」です。

と。

――は？　何？　そりゃあ、平和であってほしいけど、探求してるってのとは違《ちが》うよ。平和じゃない世の中なんて最悪だから、平和を願ってはいる。笑って暮《く》らしたいもの。

ふふ。

――そうなんです。それでねっ、わたしは部長に「リーブル」とニックネームをつけてもらいましたっ！　リーブルは、自由なっていうフランス語なんです。

わたしの二つ名《な》は、漂着《ひょうちゃく》の女神《めがみ》になったこと、そして、部長や結《ゆい》さん、髪《かみ》パッチンや監督《かんとく》の二つ名も教えた。

――はーっ？　楽しそうだね。

やれやれ的な表情《ひょうじょう》のヒツジのスタンプもいっしょだった。これは、ラインのやりとり終《しゅう》了《りょう》の合図。わたしも、

――今度、文芸部入部の話、聞かせてください。

と、お願いしますポーズのネコを送る。


すると。

翌週《よくしゅう》登校したら、教室の前にイリーナ先輩がいた。

一階に、一年生以外の教室はない。なので、たまに上級生がいると、目立つ。特に三年生は大人っぽいから。イリーナ先輩の少し茶色い髪《かみ》の毛が、窓《まど》から入る日を受けて光っている。通りすがりの一年生がちらちらっと、そんなイリーナ先輩を見る。でも先輩は、まっすぐにわたしを見ていた。

「おはようございます。あの……」

駆《か》け寄《よ》って、「何かあったんですか?」と言いかけ、やめた。わたしに用事があるから来たとわかりきってる。

「よかったら読んで」

大きな茶封筒《ちゃぶうとう》を差し出してくる。

「これ……」

たぶん、中身は原稿《げんこう》だ。

イリーナ先輩《せんぱい》は、短歌を中心に創作《そうさく》している人。これは、短歌なんだろうか。

受けとった封筒は、髪《かみ》パッチンの小説『妖精《ようせい》パメラの恋《こい》』よりも軽かった。すぐに中を見たいけど……。

「文芸部に入って、初めて書いたものなの。

高見《たかみ》はすごくほめてくれた。

でも、『これは、エッセイなのかなあ。いや、短編《たんぺん》小説かなあ』ともつぶやかれた。どっちなのか、わたしにもわからない。でも、なぜわたしが文芸部に入ったのかは、これを読んでくれたらわかると思う。これを書くのにはものすごくエネルギーを使ったの。そのせいか、あとは長い文章を書く気力がなくてね……。

これを読んでもらったほうが、ちゃんと伝わるかなと思って」

「読ませていただきます」

「うん。感想は別にいいよ。わたし、これを書いた後は、短歌しか作ってないし」

「はい」

あれ、さっき受けとったときより、封筒《ふうとう》が重い。

「原稿《げんこう》は返さなくてもいい。じゃあね」

イリーナ先輩《せんぱい》は軽く手をあげ、階段《かいだん》のほうへ行く。

これ、早く読みたい。

でも、もう朝の会が始まる。

わたしは封筒を抱《だ》きかかえ、教室に入った。席に着いてから、そっと中を覗《のぞ》く。

十枚《まい》くらいの白い用紙に、パソコンからプリントアウトされた文字がぎっちりあるのが見える。

すごっ。

教科書を出して、空《から》になったリュックにその封筒を入れた。

休み時間に読めるだろうか。途中《とちゅう》で終わったら、続きが気になりすぎる。

授業《じゅぎょう》中も、後ろのロッカーに入れたリュックが気になってしかたがない。

お昼のお弁当《べんとう》を、そそくさと食べる。そして、封筒《ふうとう》を手に教室を出た。

どこで読む？　校内だと人目につく。

昇降口《しょうこうぐち》で、さっとスニーカーに履《は》き替《か》えた。向かったのは、ビオトープ。いつか、監督《かんとく》や関口《せきぐち》先生と話したところだ。

そこにある大きな石に座《すわ》り、読み始めた。

「イリーナ」

タイトルが、もう「イリーナ」だ。

……………

二〇二二年九月。

この冒頭《ぼうとう》で、ああ、これは去年のこと、イリーナ先輩《せんぱい》と部長が二年生のときのことなんだと、わかる。わたしはまだ小学生だった。

……………

その日も学校は、これといった事件《じけん》もなく一日が過《す》ぎた。そして、六時間目。

「すっげえ！」

隣《となり》の席の高見連《たかみれん》が、わたしのテスト用紙を見ている。

「見ないでよ」

やる気ゼロで受けた数学のテストだ。四十九点取れただけ、マシってとこ。そりゃあ高見は、たぶん学年で一番？　ってくらい頭がいい。「すっげえ」の次にくるのは、「すっげえ、こんな低い点初めて見た！」とか？

あわてて、テストを折りたたんだ。ところがＨＲの後、帰ろうとしてたら、高見に引き止められた。

「待てよ」「なに？」

わたしは、去年中学入学後テニス部に入ったものの、夏休みにケガをして、そのままやめ、放課後、部活に急ぐ必要はない。でも、こいつと話す気にはならない。

「だからなに、用があるなら早くして」

きのうまでわたしのことなんて、完全無視《むし》だったくせに。

「俳句《はいく》だ」

「え？」

「名前、合田菜々子《ごうだななこ》っていうんだな」

高見《たかみ》とは二年生になって初めて同じクラスに、さらに先週の席替《せきが》えで隣《となり》になった。それから一週間は経《た》ってるのに、今、名前を知ったわけ？　たまたまテスト用紙に書いてある名前を見たってわけ？　いやいや、一学期から二学期にかけて、ずっと知らないままだった？　知らなかったんだな。

「生まれてからずっと、合田菜々子《ごうだななこ》ですが」

「五・七・五だな！」

「は？」

「ごうだななこ。五・七・五だ」

た、たしかに。でもそれで、俳句《はいく》？　くだらない。

「しかもさ、さっき五・七・五のリズムで話してたぞ。だからなに／用があるなら／早くして。だろ？」

「だから、な……なんなのよ！」

うっかり叫《さけ》んでしまい、クラスメート達《たち》の視線《しせん》が集まる。

「俳句作れよ」

そういえば、こいつ、文芸部だった。

「興味《きょうみ》ゼロ！」

この文章の中にいる部長の口調は、わたし達《たち》新入部員へのものとはちがって、少し乱暴《らんぼう》。つまり、イリーナ先輩《せんぱい》への親しみを感じる。

………………

なにが俳句《はいく》よ。俳句って、季語がいるんでしょ。さっきわたしが言ったことには、季語なんてなかったでしょ。

ぐいっとリュックを背負《せお》ったわたしを、高見《たかみ》の突《つ》き刺《さ》すような視線《しせん》が引き止める。

高見の突き刺すような視線？

わたしは、部長のそんな視線を知らない。出会ったときから、その後もいつも黒縁《くろぶち》メガネの奥《おく》の目は優《やさ》しかった。そうか、イリーナ先輩にはそういう視線を……。

ちょっとめげそうになったけど、続きを読む。

………………

はあっ。

「――秋の空俳句《はいく》になんて興味《きょうみ》ない俳句って、こういうことでしょ。五・七・五に季語を入れるんだよね、すぐできる。でも、こんなの幼稚園《ようちえん》レベル」

そう言い放ち、教室を出た。明るいのか暗いのかよくわからない廊下《ろうか》から、薄暗《うすぐら》い昇降《しょうこう》口《ぐち》を抜《ぬ》け、明るい校庭へ。

スパーン。

キャー。

ダダッ。

ねえねえ。

意味があるようなないような言葉と音が、まわりを飛《と》び交《か》う。平和だ。

両親は二人とも仕事人間で、帰りが遅《おそ》い。毎日おじいちゃんが作ってくれた夕飯を食べて、後片《あとかた》づけはわたしがやる。そして、二人でテレビを観《み》る。これが我《わ》が家《や》のルーティンだ。お笑いコンビの掛《か》け合いにもあきて、チャンネルを替《か》えた。クイズ番組か。この頃《ごろ》クイズ番組とお笑いばっか。ん～、さみだれは漢字で何文字？　さみだれ……差乱《さみだ》れ？　と思っていたら、「三文字」という声がした。お風呂《ふろ》からあがってきたおじいちゃんだ。

「五月雨《さみだれ》を集めて早し最上川《もがみがわ》　って、芭蕉《ばしょう》の俳句《はいく》があるだろ」

ああー、うちにもいたんだ。俳句じいさん。出た！　松尾芭蕉《まつおばしょう》。

おじいちゃんは、長く俳句をやっていて、公民館で指導《しどう》もしている。去年は『すっきり！俳句』という俳句の入門書も出版した。高見《たかみ》の話をしたら、うちに連れてこいとか言い出しかねない。……そう。わたしの名前はおじいちゃんがつけた。合田菜々子《ごうだななこ》。たしかに、五・七・五だ……。今まで気づかずにいたんだから、しょうもない。

まんまとやられちまったってわけ。

テレビには、ニュース番組が流れている。

薄暗《うすぐら》い空をバックに戦車が映っている。ウクライナにいるロシア軍だ。

プーチン大統領《だいとうりょう》の演説《えんぜつ》があったらしい。

ロシアがウクライナに進軍してから何か月も経《た》つ。最初の頃《ころ》、え？　戦争？　やばい。ウクライナは、もともとはソ連で、ええーっとなんて調べたのがずっと昔のことみたいだ。その後、ウクライナの女性《じょせい》や子どもが次々と国外に脱出《だっしゅつ》して、日本にもかなり来たみたい。

というニュースを、わたしはこのテレビで観《み》てきた。

――ロシアによるウクライナに対する軍事侵攻《しんこう》が続いています。

――ロシアが発動した部分的動員令に対して……

――ウクライナ主要都市の市街地《しがいち》に激しい爆撃《ばくげき》……。

ロシアのプーチン大統領《だいとうりょう》が画面に映《うつ》る。この大統領が戦争をすると決めたんだよね。そして、ロシア兵が銃《じゅう》を持って、ウクライナを攻《せ》めて……。

今度は、部分的動員？　よくわからないけど、正式な軍人以外も銃を持たなきゃいけなくなる……こういうのどこかで聞いたことがある。

「日本はかつて、国家総動員法《そうどういんほう》という法律《ほうりつ》の下、赤紙一枚《まい》で多くの男が戦地に行かされたんだ」

それだ。

「核戦争《かくせんそう》にでもなったら、大変だ。絶対《ぜったい》にそうならないとは言い切れないぞ」

おじいちゃんが、うなるように言う。

核……。日本は、世界で唯一《ゆいいつ》原子爆弾《ばくだん》を落とされた国だ。何十年前だっけ。百年は経《た》ってないよね。ずっと昔？　つい最近？　どっちでもない。

そういえば、この戦争が始まったとき、おじいちゃんは、「ウクライナはドイツや他の国と地続きだからこうして避難《ひなん》できるけど、日本は小さな島国だぞ。今ロシアから攻《せ》められたら、簡単《かんたん》に逃《に》げられない」とテレビをにらんでた。あたしが「日本は戦争しないって、決めてるんでしょ」と言ったら、「攻めてこられたら、どうする。ロシアとウクライナの戦争だって、もっと世界に広がらないとは限《かぎ》らない」と怖《こわ》い顔をしたっけ。

でも、わたし達《たち》はその後も普通《ふつう》に生活している。戦争はテレビの画面越《がめんご》しで見るだけだ。

「おじいちゃんは、戦争を知らない世代でしょ」

「ああ。だが、おれの父さんは徴兵《ちょうへい》され、戦地に行ってた。日本に帰ってから結婚《けっこん》して、おれが生まれたんだ。もし父さんが戦争で死んでたら、このおれはここにいない。もちろん、菜々子《ななこ》、おまえもだ。そういう人がたくさんいる」

まあ、そうだよね。

わたしが今想像《そうぞう》できるのは、日本がウクライナみたいになったら、ヤバイってこと。どこに逃《に》げる？　ずっと田舎《いなか》の方？　つまり疎開《そかい》ってやつ？　とか、誰《だれ》が戦うの？　男女同権《どうけん》の世の中なんだから、ママだって、銃《じゅう》を持たなきゃいけないかも？　それより戦争になったら……？　無理、想像が追いつかない。

「俳句《はいく》なんて、悠長《ゆうちょう》なことしてられないよね」

そうつぶやいた。すると、おじいちゃんが「ん？」と、顔を上げた。

「だって、そうでしょ。五月雨《さみだれ》がどうたらとか、言ってる場合じゃなくなるよね」

あれ、わたし、普通のことを言ってるよね。なんで、おじいちゃん、こんな怖い顔してるの。

もう、話題変えたいな。テレビ画面は、もう浅草の和菓子屋《わがしや》さんに切り替《か》わっているのに。

「そうかもしれん。だが、そうじゃなくありたい。いや、そういう状況《じようきよう》にしちゃならんのだ」

「ならんのだ」と部屋を出ていったので、おじいちゃんの頭も切り替わったかな。と思ってたら、すぐにもどってきた。本を手にしている。

「かつて日本が戦争をしているときも、詩を書き、俳句《はいく》を作っていた人達《ひとたち》はいた。それは、人間としての尊厳《そんげん》を保《たも》とうとする必死の叫《さけ》びだったんだ」

……。

「第二次世界大戦は、一九三九年から四五年まで。昭和十四年から二十年までだ。日本はその二年前から中国との戦争に入っている。

昭和十四年に、渡辺白泉《わたなべはくせん》という人が、こういう句を作っている」

すいっと本を開いて差し出してくる。

――戦争が廊下《ろうか》の奥《おく》に立《た》つてゐ《い》た《た》
「戦争が？　廊下の奥に？」

「解釈《かいしやく》はいろいろあるだろう。身近に迫《せま》ってくるものを感じたんだろうな。しかもこの頃《ころ》の日本は自由な表現《ひようげん》が禁止《きんし》されていた。治安維持法《ちあんいじほう》という法律《ほうりつ》で、戦争反対を唱《とな》える人達《ひとたち》は、次々と逮捕《たいほ》されていたんだ」

「まさか？」

「白泉《はくせん》も逮捕された。俳句《はいく》の近代化をめざして新興《しんこう》俳句運動をしていた人達が、ターゲットになったわけだ」

どう反応《はんのう》したらいいかわからず、わたしは黙《だま》っていた。

「その後、こういう俳句も作っている」

別のページを開いて見せる。

――海軍を飛び出て死んだ蟇《ひきがえる》
昭和十九年とある。

――戦争はうるさし煙《けむ》し叫《さけ》びたし
「このあたりは、白泉ももう召集《しょうしゅう》されて、戦地に赴《おもむ》いていた。乗ってた船が襲撃《しゅうげき》されたときだ」

――血の甲板《デッキ》に青き冷たき夕暮来《ゆうぐれく》
「白泉は、生き延《の》びて日本に帰ってきた。だが、帰ってこられなかった人達が大勢《おおぜい》いる。そんなこと、二度と起きちゃダメじゃないか？　なあ、菜々子《ななこ》、そう思わないか？」

「思う……よ」

わたしも思う。戦争なんて起きてほしくない。

でも現実《げんじつ》は？

この前、ママが言っていた。

「戦争には定義《ていぎ》があって、どちらかの国が『戦争するぞ』と宣戦布告《せんせんふこく》をして始まるものなの。でもロシアはそれをしていない。だから正確《せいかく》には戦争じゃなくて、ロシアのウクライナへの『軍事侵攻《しんこう》』なんだよ」と。

え？　だって、戦争してるじゃんとわたしは思った。でもその後注意していると、たしかにテレビニュースでは「軍事侵攻」と言っているのだ。

いったん立ちあがり、紅茶《こうちゃ》をいれて、一息ついた。

こんなほっとする時間がわたしにはあることを噛《か》みしめながら、一口飲む。そしてまた読み出した。
・・・・・・・・・・・・・・・・・・・・
ちらっと、おじいちゃんが持っているもう一冊《さつ》の本を見た。すると、すぐにおじいちゃんがその本を開く。

「一方、日本にいながら、俳句を作り続けていた人達もいた。たとえば、

——箱庭とまことの庭と暮《く》れゆきぬ　　松本《まつもと》たかし

これは、昭和一六年だ。戦争真《ま》っただ中《なか》だけど、そういう色合いはないな。こんなふうに、自分の身のまわりを戦争前と同じように見て作って、心を保《たも》ってた人達もいた」

箱庭というのは、和風ジオラマのようなものらしい。ミニチュアの世界だ。

「戦争中は、『戦意高揚《こうよう》』といって、お国のために命を捨《す》てることを賛美《さんび》する文学がたくさん作られた。音楽や美術《びじゅつ》もだ。でもこうして、大変な時期でも自分を見失わずに表現《ひょうげん》をし続けてくれた人がいたってことに、おれは、人間の強さを感じるんだ」

わたしは、本来体育会系《たいいくかいけい》だ。でも、夕暮《ゆうぐ》れの美しさはわかる。その中に立って、ミニチュアの世界を見てたら、その世界もまた暮れていたって、すごくきれい。その世界には人がいたんだろうか。

「あのさ、白泉《はくせん》って人の俳句は、季語がないんじゃない？」

「おっ、菜々子《ななこ》、よくわかったな」

「まあ」

「無季《むき》派《は》、つまり季語のない俳句をあえて作った人だからな」

「ふうん」

「菜々子《ななこ》もやってみろ」

きょう、二人目だよ。なんで、俳句勧《はいくすす》められるかな。

「おじいちゃん」

「なんだ？」

「わたしの名前、五・七・五にしたでしょ」

「え？　おお、菜々子《ななこ》気づいたか。おまえの両親はぜんぜん気づいてないぞ」

まったく、もう。

「俳句やるかどうか、十年経《た》ったら考える」

「ああ。十年後も平和であることを祈《いの》って、おれは寝《ね》るよ」

「ん、おやすみ」

十年後が平和であることを願って……か。そうじゃない未来もある？　あるんだろうな。

翌朝《よくあさ》テレビをつけたら、ウクライナから避難《ひなん》してきた女性《じょせい》がインタビューを受けていた。ウクライナ語を翻訳《ほんやく》した字幕《じまく》が出る。

「夫はロシアと戦っています。私《わたし》は三歳《さい》の子どもを連れて、日本人と結婚《けっこん》した従姉《いとこ》を頼《たよ》ってきました。夫が心配です」

そう言って、唇《くちびる》をかみしめていた。小さい子どもを抱《かか》えて泣いてはいられないんだと伝わってくる。

「娘《むすめ》の名前は『イリーナ』です」

「イリーナ」が出てきた。そうか、ウクライナの子どもの名前だったんだ。

この女性《じょせい》は、わたしと同じ東京にいる。そして、テレビから流れるウクライナの悲惨《ひさん》な様子を見ているんだ。

金髪《きんぱつ》で、色の白いイリーナ。この子の十年後はどうなってるんだろう。平和になった、よかったと言われているだろうか。それとも……。

……………………………

やば、遅刻《ちこく》する。あわてて家を出て、いつも通りの校門から校庭を横切り昇降口《しょうこうぐち》に入る。上履《うわば》きに履《は》き替《か》えて校舎《こうしゃ》に入ったとき、ふっと長く続いている廊下《ろうか》の奥《おく》が気になった。ずっと向こうの奥が、暗い。きょうだけ暗いわけじゃない。きっときのうと同じ景色だ。なのに……。

その暗いところに、イリーナの顔も見える。突然《とつぜん》、ここが小さな箱庭みたいに思えた。簡《かん》単《たん》にひねりつぶされそうだ。わたしは、なにをしたらいいの？

「どうした？」

気づいたら、高見《たかみ》がいた。

「廊下《ろうか》の奥《おく》に戦争でも立ってたか？」

ぶるるっと頭を振《ふ》る。

「高見、どんな俳句《はいく》作ってるの？　読んであげる」

うっかりそう言ってしまったら、高見が、おおおっという顔になる。しまった。くいついてきそうな高見から逃《に》げるように教室へ入り、教科書を出そうとリュックのファスナーを開いた。

中は、真っ暗だった。

イリーナ先輩《せんぱい》の文章は、そこで終わっていた。

中は、真っ暗だった。

その一文を読んだとき、「ひっ」という声がわたしの口からもれた。

イリーナ先輩が、この後、部長とどういうやりとりをしたのか、わからない。

黒縁《くろぶち》めがねの部長と、さらさらヘアのイリーナ先輩が見つめ合っているシーンが、頭に浮《う》かぶ。

そういえば、文芸部に入ってから、すずめさんとイリーナ先輩《せんぱい》のおじいさんのつながりを知ったって言ってたっけ。二人には見えない糸があるんだな。って、「見えない糸」なんて、ダサイ。わたしは、文芸部に入っても、この程度《ていど》の言葉しか思い浮《う》かばないやつだ。

「イリーナ」と呼《よ》びかける部長の声が聞こえる。

かなわないや。

ふらふらと教室にもどり、「イリーナ」をリュックにもどそうと、ファスナーを開けた。暗い。

わたしは、声を押《お》し殺《ころ》して、その暗がりを見つめた。目をそらすことができずにいた。

「リーブル？」

横で声がして我《われ》に返った。監督《かんとく》だった。

「どうかした？」

なんで、あんたがわたしを気にする？

「別に」

「ふうん」

監督はそれ以上追及《ついきゅう》はしてこず、自分の席へ行く。

わたしのこと、暗いやつって思ったかな。

同じ文芸部員として、声をかけてやったのにと思ってるかな。

人の心は、わからない。

だって、わたしは今、失恋《しつれん》した。そのことを知ってる人は、この教室で、この世界で誰《だれ》もいないもの。

イリーナ先輩《せんぱい》には、返さなくてもいいと言われたけど、次の部活の日、わたしは原稿《げんこう》を先輩に返した。

「すごかったです」

こんな感想、クソだ。わかるのに、他の言葉が見つからない。すると、イリーナ先輩がつぶやいた。

「高見《たかみ》はしつこく、『文芸部に入れ』って言ってきた。それは後で、当時三人いた三年生が卒業すると、文芸部は高見兄妹《きょうだい》だけになるから、とにかく一人でも部員が欲《ほ》しかっただけだとは、わかったんだけどね。

実はかなり迷《まよ》ったんだ。でもそのとき、ぼそっとつぶやいたことを、高見に聞かれてしまってね。席が隣《となり》だったしさ」

「どんな？」

きっと部長には聞き流すことができないつぶやきだったんだろうな。

「『なんか、光が見えない。もし、文芸部に光があるんなら、入るんだけどな』って。そしたら、高見《たかみ》に言われたの」

ああ、イリーナ先輩《せんぱい》だけは、「部長」とは呼《よ》ばない。「高見」と呼《よ》び捨てなんだな。そんなことを思ってしまう。

「部長は、なんて言ったんですか?」

「『文芸部に光があるかどうかは、わからない。でも少なくとも、言葉はある』だった。言葉? 言葉なんて、どこにだってあるじゃない。と思ったよ。でもね、入った。それは、高見のその言葉に、力があったから」

なんだか、泣きたくなる。

でも図書室の入り口が開いて、明るい声が響《ひび》いた。髪《かみ》パッチンだ。

助かった。

「イリーナ先輩! あたしの小説、やっぱ、まだまだですよね。でも頑張《がんば》りますっ」

監督《かんとく》も来た。

「イリーナ先輩。おれ、好きな子ができたんです」

監督……。アニメの乗りだ。

「それわたしに言ってどうする!?」

イリーナ先輩《せんぱい》が、即返《そくがえ》しをする。

この人が、大好き。

「イリーナさん。高校はどこを受験するんですか？　兄と同じとこですか？」

図書室での結《ゆい》さんの声は、相変わらずかすれ気味で、どこかへ吹《ふ》きとばされそうだ。でもわたし達《たち》はちゃんとその声をキャッチする。わたしも、そこききたい！

「うずらちゃん。あんたは自分の心配をしろ。来年は部長だよ」

イリーナ先輩は結さんを「うずらちゃん」と呼《よ》んでる。

そうだ、来年は部長もイリーナ先輩もいないんだ。そう思ったら、めっちゃ寂《さび》しい。

でも二人がいない文芸部という未来は、確実《かくじつ》にやってくる。

『フレンズ・時を越《こ》えて』が返却《へんきゃく》されたと連絡《れんらく》がきて、無事に続きを読むことができた。誰《だれ》が借りていたのか、誰がわたしの一歩前に読んだのか、それは今でもわからない。でも、誰かが読んだ。きっとこの世界に浸《ひた》っていた。その誰かが、同じ学校にいるって嬉《うれ》しい。

『君の名は。』もそうだけど、過去《かこ》へ行く話は魅力的《みりょくてき》だった。でも、わたしは未来を紡《つむ》ぎたい。

たとえ、部長とイリーナ先輩がそこにいなくても。

十四　わたしの話を始めよう。

小学校のとき、クラスメートの男子に、

「カンナって、大工さんがシューシューッって、木を薄《うす》く削《けず》るあれだよな」とからかわれたことがある。すると、近くにいた女子が、

「花でしょ。夏休みに行った田舎《いなか》のおばあちゃんちに咲《さ》いてたよ」と言ってくれた。後で調べて、すくっと伸《の》びた茎《くき》に、赤や黄色の大きめな花びらがついた植物だと知った。だから、自分の名前、栞奈《かんな》は、花のことだとばかり思っていた。

ちゃんと両親に由来を聞きたかったけど、その頃《ころ》二人の間には離婚《りこん》話が進んでいて、わたしには、そんなことを聞く勇気がなかったのだ。

栞奈の栞《かん》は、本のしおりのことだった。

なんで、栞《しおり》という文字を使ったんだろう。栞奈の奈は奈良の奈だけど、関係あるのかな。

きょうは、ママが家事当番の日。夕飯は簡単《かんたん》な肉野菜炒《にくやさいいた》めと味噌汁《みそしる》。それにお刺身《さしみ》だった。

「ね、栞奈《かんな》っていう名前、どうしてつけたの?」

キャベツを食べているママにきく。

「パパが本好きだったでしょ。だからよ」

「本に挟《はさ》むしおりから?」

「そういうこと」

やっぱり、そうだった。

「ごちそうさま」

そそくさと残っているご飯を食べ、食器をシンクに運んだ。ママは、カウンターの向こうから話しかけてくる。

「栞奈がお腹《なか》にいるとき、奈良に旅行したの。奈良公園で鹿《しか》に追いかけられたり、大仏様《だいぶつさま》を見たりして楽しんだ。行く先々のおみやげ屋さんで、パパはしおりを買ってたわ」

わたしは奈良に行ったことはない。ううん。ママのお腹《なか》の中にいるとき、行ってたってことだ。もちろん、記憶《きおく》はない。

ママは皿を洗《あら》おうともせず、チェストの引き出しをごそごそし始めた。

「あったあった」

鹿のしおりと大仏様《だいぶつさま》のしおりを持ってきて、キッチンカウンターに置く。

「これ、もらっていい?」

「もちろん」

ママは、そのしおりを手にしたわたしから離《はな》れ、窓辺《まどべ》へ行く。窓を開けて空を見上げる。

「何か見えるの?」

そばに行って、わたしも外を覗《のぞ》く。

「あ、月」

そこには、すこしぼんやりとした満月があった。そういえば、テレビで「ストロベリームーン」と言ってたっけ。

ちょっと知ったかぶりをして、「ストロベリームーン?」とつぶやく。

「ストロベリームーンは、イチゴの収穫《しゅうかく》の頃の月らしいよ」

へえ。いちごって、春のイメージだけど、あれはハウス栽培《さいばい》か。

「ブルームーンもあるよね」

「ブルームーンは、一月に二度ある満月のことだって」

「だって……ってことは、誰《だれ》かに教えてもらったの?」

「うん。あの人にね。まだ仲がよかったとき」

あの人……、パパだ。

「栞奈《かんな》に名前の由来を聞かれたせいかな、そんなことを思い出した」

「ごめん」

「いいんだよ。言葉って、ちゃんと残ってるんだねえ」

「そっか」

今、ママの脳内《のうない》で、引き出しが一つ開いたんだな。

もう一度、月をママと見上げた。

ロシアの上にも、ウクライナの上にも、同じ月が浮《う》かんでいるはず。

あそこは、宇宙《うちゅう》だ。

そして……。

そこに言葉も浮かんでいた。

その後の部活動の日に、部長の詩とイリーナ先輩《せんぱい》の短歌を読んだ。

・・・・・・・・・・・・・・・・・

風が吹《ふ》いたたたたたた

笹《ささ》がゆれたたたたたた

鳥がとんだだだだだ

空が裂《さ》けた
雨が降《ふ》った
水たまりができた
その中の空がゆれたたたたた

うううう。なんて感想を言ったらいいのか、わからなかった。だまっていたら、

「たまに詩を書こうかと思って。やっぱりダメか」

部長が頭をかいている。部長は小説を書いてるはずなんだけど、まだ読ませてもらっていない。部長も、もがいているのかも。

ころころとわたしのところに来て止まる少年が蹴《け》るサッカーボール
どの本も天と地とがあるという開いた形は空飛ぶカモメ

・・・・・・・・・・・

本の部分には名前があって、上のところが天、下が地なのだそうだ。なるほどと思った。

でもイリーナ先輩《せんぱい》の短歌にも、わたしは感想を言えなかった。それはわたしが創作《そうさく》をしてい

ないからなのかもしれない。

そんなこんなで、中学という新しい世界に、いつのまにか慣《な》れて夏になった。

文芸部は、〝ゆるい〟。わたしは俳句《はいく》はいくつか作ったものの、まだ創作らしきことをしていないし。

スマホアプリで入院中のすずめさんにその俳句を送り、「いいね」をもらった。ちょっと直してもらったりもしたけど、何か物足りない。

――夏空にぽかんともどりたい過去《かこ》が

なんて作ったときには、

――かんなちゃん、まだ若《わか》いのに、もどりたい過去があるのね。わたしは、もうないわ。未来もそんなにないけどね（笑）。

とコメントが来た。ふっと、パパもいた時期がなつかしくなって作った俳句だった。そして、すずめさん、「（笑）」って、使うんだって思った。苦笑《くしょう》している顔マークを送って、おしまい。

七月になった。

図書室には笹《ささ》が飾《かざ》られ、貸《か》し出しカウンターには、願い事を書ける短冊《たんざく》が置かれていた。

小学校だったらみんなが我先《われさき》に願い事を書き、笹《ささ》が願い事でいっぱいになっていたものだけど、中学生であるわたし達《たち》は、そういうのが気恥《きは》ずかしいお年頃《としごろ》だ。

数枚《すうまい》さがっている札を、読んでいく。

——期末テスト、お願いします。

——両思いになれますように！(♡)

——背《せ》が伸《の》びますように。

——K学園高等部合格《ごうかく》
——さきちゃんと仲直りできますように。

——夏の大会でホームラン！

——日村健《ひむらけん》君に会いたい！

これ、髪《かみ》パッチンでしょ。

わたしは？

自分で何か創作《そうさく》したい？　小説を書いてみたい？

そんなことが頭に浮《う》かんだ。でも誰《だれ》かに読まれるのが恥ずかしいから書かない。第一、小説を書いてみたいんなら、書けばいいいじゃん。

部長とイリーナ先輩《せんぱい》が入ってきて、すぐに笹を見る。そして、短冊《たんざく》を書いている。

二人とも、見られることをためらわないんだな。そうか、文芸部で創作《そうさく》をすることだって、自分の心を人にさらすようなものだものね。

なんて書いたんだろう。すぐに見にいくのって、どう？　ええい、いいじゃない。

二人が笹から離《はな》れた瞬間《しゅんかん》に、すーっと忍《しの》び足で寄《よ》っていく。二人はしっかりわたしを見てるけど。

——世界平和

これ、イリーナ先輩《せんぱい》だ。

——すずめさんの復活《ふっかつ》

部長だ。わたしも願いたい。だから、書いた。

——わたしの物語を見つけたい。

と。

そして、一学期最後のビブリオバトルが始まる。

きょうは、司書の先生も図書委員も資料《しりょう》の整理で忙《いそが》しく、文芸部員だけだ。

関口《せきぐち》先生も来て、テーブルに集まる。それぞれが発表する本を紙袋《かみぶくろ》に入れているけど、わたしと監督《かんとく》が持っている袋は、他の人より一回り大きい。

きょうは、結《ゆい》さんも紙袋を手に、テーブルについた。

結《ゆい》さんが紹介《しょうかい》したのは、『人形の旅立ち』というファンタジー。時々見せてくれる版画《はんが》のイラストが、ちょっと怖《こわ》いけどきれい。読んでみたいと思った。かすれがちな声が、本の内容《ないよう》とマッチしている。

イリーナ先輩が紹介したのは、『短歌部、ただいま部員募集中《ぼしゅうちゅう》！』という本。わたし達《たち》より少し上の年代、つまり高校生から二十代の若《わか》い人の間では、短歌がブームなのだという。十七歳《さい》で短歌と出会ったという作者小島《こじま》なおさんの心を動かした短歌、そして小島なおさんの短歌も引用して、発表は続く。短歌という三十一文字《みそひともじ》は、十七音の俳句《はいく》よりかなり長い。その違《ちが》いをしゃべっているうちに時間になった。

続いて監督は、『男鹿和雄《おがかずお》画集』を見せた。『となりのトトロ』など、ジブリ映画《えいが》の背景画《はいけいが》がたくさんあって、すっごくきれい。今はパソコンで描《えが》かれている景色を、こうやって一枚《まい》一枚描いてた人がいたんだ。

そうか、ビブリオバトルで発表するのは、画集や写真集でもいいんだ。

関口《せきぐち》先生は『かがみの孤城《こじょう》』という小説。ディスカッションのときには、監督に「アニメ化しましたね」と言われていた。わたしは、映画のポスターを見た記憶《きおく》があっただけなので、本を読んでみたいと思った。

部長は、二冊《さつ》の文庫本を出した。

『母は枯葉剤《かれはざい》を浴《あ》びた』という同じタイトル本だ。一冊の表紙はイラスト、もう一冊は写真だった。ベトナム戦争のとき、アメリカ軍がまいた化学兵器の影響《えいきょう》で障碍《しょうがい》を持った子がたくさん生まれたという事実に、気持ちが沈《しず》む。でも、最近新装版《しんそうばん》になった文庫本（表紙が写真の方）では、この本にあった悲惨《ひさん》な写真がかなりカットされているという。

聞いているみんながシーンとなった。ベトナム戦争があったときは、先生もまだ生まれていない。でも、第二次世界大戦よりは後。そんなに昔のことでもないのだ。パパがベトナムにいるのに、わたしはそんなこともよく知らない。こういう事実もちゃんと知らないと、と思った。でもなあ。小さな文庫本に小さな文字がぎっちりと詰《つ》まった問題作？　的なものは、わたしにはハードルが高い。もっと読みやすそうな本がいいなと思ってしまう。三年生になったら、ああいう本もすらすら読めるようになるんだろうか。

というか、一年生が三人もいるこの文芸部で、発表する本のチョイスとしては、いまいちなんじゃ？　あ、部長は今回のビブリオバトルでは勝ちをねらわず、とにかく「こういう本がある」と見せたいだけなのかも。それも、〝あり〟だ。

そして、わたしがラストの発表。

すっとその絵本を袋《ふくろ》から出した。

「わたしは、自分の部屋で、よくこの絵本を開きます」

今回、一つ覚悟《かくご》を決めていた。

自分のことを吐《は》き出したら、もしかしたら、一歩前に進めるかも？　何かが変わるかも？と思っていた。

その手始めが、きょうだ。

「わたしは、最初文芸部に来たとき、『流れでここに着きました』と言いました。そうなんです。わたしは去年からずっと漂《ただよ》っていました。それで『漂着《ひょうちゃく》の女神《めがみ》』という二つ名《な》ももらいました」

ここで少し笑いが起きる。

「でもどこにも行けず、同じところで渦《うず》を巻《ま》くようにしていたんです」

みんなが、何を話し出すの？　的な顔をしている。そうだろうな。

「去年の夏のことでした」

わたしは、両親の離婚《りこん》の話をした。

「親の離婚なんて、あちこち、どこでもありますよね。わたしは、そう思ってたんです。

父はもともと仕事で家にいないことが多かったし。

母はそれまでパートだった仕事をフルタイムにして、帰りが遅《おそ》くなりました。でも、わたしは小さい子じゃないし、一人で家にいたって平気でした。

平気だって、ずっと言い聞かせていたんです」

自分で言っていて、泣きそうになる。こうして、自分の心の中を人に見せるのは、初めてだからだ。

「ときどき、公園のベンチでぼーっとしてから帰ります。そんなある日、そのベンチで高見部《たかみ》長と会ったんです」

部長が、うんうんとうなずく。

「ぜんぜん、平気なんかじゃなかったんです」

今度はみんなが、うんうんとうなずく。

「世界の中には、命の危機《きき》にさらされている人がいます。突然《とつぜん》の襲撃《しゅうげき》で命を失ってしまった人もいます。自然災害《さいがい》もあります。

そういう人に比《くら》べたら、わたしは家が貧乏《びんぼう》で生活が苦しいわけじゃない。ちゃんと食べるものもあるし、母もいます。だから、ぜいたくだと思ってました。

でも、心のどこかがいつも、ぽかんと穴《あな》があいてるんです。その心をどうしたらいいのか、わからずにいました。

夜、この絵本を開くときだけ、わたしの心は違《ちが》う世界に行くことができます。心の穴《あな》を気にせずにいられたんです。

『よあけ』という絵本です。これは、わたしが小さいときに母が買ってくれたものです」

そう言ってから、わたしは絵本をめくった。

一ページ目の絵は暗い。空なのか、なんなのか。書かれている文字は「おともなく、」というフレーズだけ。やがて空と山と湖だとわかり、数ページ目で、おじいさんと孫が岸辺で眠《ねむ》っている。

ページをめくる。

月がぼんやり浮《う》かんでいる。湖に映《うつ》る影《かげ》。

ほんの少しずつ明るくなる。

またページをめくる。

湖にさざなみがたつ。

もう一度ページをめくる。

おじいさんが火をおこし、ふたりはボートで湖に出ていく。

そして、夜が明ける。

「この夜明けの瞬間《しゅんかん》が好きです。

こんなふうに、心を遠くまで飛ばせる力が本にはあるんだなと思います。せっかく文芸部に入ったので、わたしもそういう作品を書いてみたいと思いました」

あたたかい拍手《はくしゅ》をもらえた。

きょうのチャンプ本は、わたしも手を挙げた『人形の旅立ち』だった。『よあけ』は、一票。結《ゆい》さんだけが手を挙げてくれた。

結さんも、きっとさっき、わたしといっしょに〝夜明け〟を見てくれたんだ。

その夜。

わたしは、リビングにあるパソコンを開き、詩を書いた。

キーボードを打つたび、画面に文字が現《あらわ》れる。

書いては、消し、消しては書く。

「じゃない」

紙にぽつんと穴《あな》をあける

指を入れる

透《す》かすと、向こうが見える

うっかりすると、心にも穴《あな》があく
この穴には指が入らない
向こうも見えない
でも言葉だけは入る
すると、ほんのり色がつく
あたたかくって
やさしくて
そこはもう、穴じゃない
あ、ストロベリームーンが見えた

その詩を、次の文芸部の活動日に持っていった。

「穴のイメージはいい。『あたたかい』『やさしい』っていうダイレクトな形容詞《けいようし》は安易《あんい》かなあ。悪くはないけど」と部長。

悪くはないけど、よくもないってことだよね。

「ストロベリームーンって、ロマンチックを絵に描《か》いたような言葉だよね。一番大事なラストが安易《あんい》」とイリーナ先輩《せんぱい》。すると、部長がすかさず、それを受け止める。

「今新しい言葉は、数年後には古くなる。ストロベリームーンは、どうだろうな。日本人にとってはまだ新しいような気がして、ぼくは使いたくない」

ううっ、二人から「安易」と同じ言葉を投げられた上、部長からはダブルパンチを受けた気分だ。

部長はおばあちゃんっこだから、「髪《かみ》パッチン」なんてちょっと古い言葉を使いがちだと感じていた。でも、すごく言葉に敏感《びんかん》なんだ。

あー。わたしは「イリーナ」のラストの一文の強烈《きょうれつ》さを学んでいない。

「えー、ストロベリームーンがかわいいじゃないですか」と髪パッチン。

「おれ、よくわかんねえ」と監督《かんとく》。

結《ゆい》さんは、何も言わない。

そのとき、気づいた。文芸部仮入部《かりにゅうぶ》の日のビブリオバトルでは、わたしが発表した『星の王子さま』がチャンプ本になった。初めて作った俳句《はいく》は言葉の不確《ふたし》かさを指摘《してき》されたけど、わたしは今まで髪パッチンみたいに強烈なダメ出しをくらってなかったんだ。

きょう、やっと、真剣《しんけん》なダメ出しをもらえた。

「あれ、リーブル、泣いてる?」

ちょっとうつむいていたら、髪《かみ》パッチンが声をかけてくれる。

「泣いてる」

「泣いてないじゃん！」

へへ。髪パッチンと笑い合う。

ここから、始めよう。

わたしには人の心を動かすほどの詩は書けないかもしれない。

でも、書くことで、わたしの心は動く。

何もなかった頭に髪留をつけたときのように、心が動く瞬間《しゅんかん》がある。

もっともっと、光る言葉を探《さが》そう。

わたしは、わたしの物語を書く。

そこでは、わたしはモブじゃない。

＊第十二章「選べる名前」内の「イリーナ」は、雑誌《ざっし》「日本児童文学」二〇二三年三・四月号に掲載《けいさい》した作品を改稿《かいこう》したものです。

*取り上げている本

「1ねん1くみ」シリーズ　後藤竜二作／長谷川知子絵（ポプラ社）
『野心あらためず 日高見国伝』後藤竜二著（新日本出版社）
『小説 君の名は。』新海誠（角川文庫）
『星の王子さま』サン＝テグジュペリ著／河野万里子訳（新潮文庫）
『母は枯葉剤を浴びた ダイオキシンの傷あと』中村梧郎著（新潮文庫）
『新版 母は枯葉剤を浴びた ダイオキシンの傷あと』中村梧郎著（岩波現代《げんだい》文庫）
『人形の旅立ち』長谷川摂子作・金井田英津子画（福音館書店）
『かがみの孤城』辻村深月著（ポプラ社）
『男鹿和雄画集』男鹿和雄著（徳間書店）
『短歌部、ただいま部員募集《ぼしゅう》中！』小島なお・千葉聡著（岩波書店）
『よあけ』ユリー・シュルヴィッツ作・画／瀬田貞二訳《せたていじやく》（福音館書店）
『わくわく子ども俳句スクール①　俳句をつくろう』辻桃子・安部元気監修・おおぎやなぎちか著（国土社）

他は、架空《かくう》の本です。

おおぎやなぎちか
秋田県生まれ。みちのく童話会代表。『しゅるしゅるぱん』（福音館書店）で児童文芸新人賞、「オオカミのお札」シリーズ（くもん出版）で日本児童文芸家協会賞受賞。作品に『おはようの声』（新日本出版社）、「家守神」シリーズ（フレーベル館）、『みちのく山のゆなな』（国土社）、『俳句ステップ！』（佼成出版社）、『アゲイン アゲイン』（あかね書房）、『ファミリーマップ』（文研出版）、『へビくんブランコくん』（アリス館）他。

彩田花道（さいたはなみち）
静岡県在住。暮らしに射す光を描くイラストレーター。小説の装画や挿絵の他、広告やWEBコンテンツのイラストを制作している。主な作品に『警視庁01教場』シリーズ（角川文庫）カバーイラスト、『ようこそ伊勢やなぎみち商店街へ　瓦版とあおさのみそ汁』（集英社オレンジ文庫）カバーイラスト他。

こんな部活《ぶかつ》あります
そこに言葉《ことば》も浮《う》かんでいた——文芸部《ぶんげいぶ》

2024年12月25日　初　版　　NDC913 172P 20cm

作　者　おおぎやなぎちか
画　家　彩田花道
発行者　角田真己
発行所　株式会社新日本出版社
〒151-0051　東京都渋谷区千駄ヶ谷4-25-6
営業03(3423)8402
編集03(3423)9323
info@shinnihon-net.co.jp
www.shinnihon-net.co.jp
振替　00130-0-13681
印刷・製本　光陽メディア

落丁・乱丁がありましたらおとりかえいたします。

ISBN978-4-406-06818-5　C8393　Printed in Japan

人間になりたかった犬

尊が人間に生まれ
変わったのは50年前。
どんな犬でも生まれ
変われるわけではなく、
人間を救った犬でなければ
生まれ変われない…。

◉定価：本体1500円＋税

読み終えた時、

**あったかい気持ちに
自分も生まれ
変わっていた。**

落語家・林家たい平

今西乃子 作
福田岩緒 絵